겨울 나그네

세계시인선

22

겨울 나그네

빌헬름 뮐러

김재혁 옮김

DIE WINTERREISE
Wilhelm Müller

차례

1부

아름다운 물방앗간 아가씨

Die Schöne Müllerin

DER DICHTER, ALS PROLOG

Ich lad euch, schöne Damen, kluge Herrn,

Und die ihr hört und schaut was Gutes gern,

Zu einem funkelnagelneuen Spiel

Im allerfunkelnagelneuesten Stil;

Schlicht ausgedrechselt, kunstlos zugestutzt,

Mit edler deutscher Roheit aufgeputzt,

Keck wie ein Bursch im Stadtsoldatenstrauß,

Dazu wohl auch ein wenig fromm fürs Haus:

Das mag genug mir zur Empfehlung sein,

Wem die behagt, der trete nur herein.

Erhoffe, weil es grad ist Winterzeit,

Tut euch ein Stündlein hier im Grün nicht leid;

Denn wißt es nur, daß heut in meinem Lied

Der Lenz mit allen seinen Blumen blüht.

Im Freien geht die freie Handlung vor,

시인의 머리말

그대들을 초대하고 싶다, 어여쁜 숙녀, 현명한 신사들이여,
그대들은 멋진 이야기를 듣고 보는 것을 좋아하니[*]
반짝반짝 빛나는 새 연극[**]을 보여 주겠다,
보지도 듣지도 못한 전혀 새로운 방식으로;
소박한 말로써, 조금도 꾸미지 않고 다듬어,
고상한 독일식 거칢[***]으로 돋보이게 하고,
무리 지어 다니는 병사들 속의 젊은이처럼 호기 있게,
그러면서도 가정을 위해서 조금 유익하게 하겠다:
이 정도로 권하는 말은 충분하다고 생각한다,
내 말이 마음에 드는 사람은 어서 들어오라.
바라노니, 지금은 때마침 겨울철,
잠시 여기 이 풀밭에서 고통을 잊어 보라;
그대들은 오늘 나의 노래 속에서 수만 가지 꽃으로
화사하게 피어나는 봄의 모습을 보게 되리라.
집 바깥에서 이야기가 자유롭게 펼쳐진다,

---

[*] 이 부분은 당시 감정적이고 멜랑콜리한 사랑 이야기만을 편애하던
소시민층에 대한 패러디라고 할 수 있다.
[**] 뮐러가 참여한 1816년 가을의 한 사교 모임에서 「아름다운 물방앗간
아가씨」를 중심으로 해서 각각 역할이 나뉜 음악극을 만들어 보자는 의견이
나옴.
[***] 꾸밈이 없는 소박한 문체 양식을 '고상한'이라는 말을 붙여 반어적으로
표현한 말. 독일 낭만주의는 16세기까지의 '옛 독일 시문학'을 높이
평가하였다. 그래서 소박한 것이 곧 '고상한' 것이 되는 것이다.

In reiner Luft, weit von der Städte Tor,

Durch Wald und Feld, in Gründen, auf den Höhn;

Und was nur in vier Wänden darf geschehn,

Das schaut ihr halb durchs offne Fenster an,

So ist der Kunst und euch genug getan.

Doch wenn ihr nach des Spiels Personen fragt,

So kann ich euch, den Musen sei's geklagt,

Nur *eine* präsentieren recht und echt,

Das ist ein junger blonder Müllersknecht.

Denn, ob der Bach zuletzt ein Wort auch spricht,

So wird ein Bach deshalb Personen noch nicht.

Drum nehmt nur heut das Monodram vorlieb:

Wer mehr gibt, als er hat, der heißt ein Dieb.

Auch ist dafür die Szene reich geziert,

Mit grünem Sammet unten tapeziert,

Der ist mit tausend Blumen bunt gestickt,

Und Weg und Steg darüber ausgedrückt.

도시의 성문에서 멀리 떨어진 곳, 구름 한 점 없는 하늘에서,
숲과 벌판 곳곳에서, 대지에서, 언덕에서;
사방이 가로막힌 벽 안에서 일어날 수 있는 일을
그대들은 열린 창문으로 거의 볼 수 있으리라,
그것으로 예술 쪽에서나 그대들이나 모두 만족하리라.

하지만 그대들이 연극의 주인공들에 대해 묻는다면,
나는 뮤즈의 신을 한탄할 수밖에 없지만
정말 단 한 명의 주인공만을 보여 줄 수밖에 없다,
그는 바로 금발의 젊은 물방앗간* 견습공이다.
마지막에 가서 시냇물이 말을 하기는 하지만,
그렇다고 해서 시냇물이 등장인물은 아니다.
그러니 그대들은 오늘은 일인극으로 만족하길 바란다:
자신이 갖고 있는 것보다 더 많이 내놓는 자는 도둑이다.

내 이를 위해 무대를 화려하게 꾸며 놓았다,
바닥에는 초록색 벨벳을 깔아 놓았으며,
그곳엔 수천의 꽃들이 예쁘게 수놓아져 있다,
그 위로 큰길과 물방앗간 다리가 뚜렷이 보인다.

---

* 물방앗간은 전통적으로 성적(性的)으로 자유롭고 기만적인 음모가
벌어지는 유혹과 타락의 장소이다.

Die Sonne strahlt von oben hell herein
Und bricht in Tau und Tränen ihren Schein,
Und auch der Mond blickt aus der Wolken Flor
Schwermütig, wie's die Mode will, hervor.
Den Hintergrund umkränzt ein hoher Wald,
Der Hund schlägt an, das muntre Jagdhorn schallt;
Hier sürzt vom schroffen Fels der junge Quell
Und fließt im Tal als Bächlein silberhell;
Das Mühlrad braust, die Werke klappern drein,
Man hört die Vöglein kaum im nahen Hain.
Drum denkt, wenn euch zu rauh manch Liedchen klingt,
Daß das Lokal es also mit sich bringt.
Doch, was das Schönste bei den Rädern ist,
Das wird euch sagen mein Monodramist;
Verriet' ich's euch, verdürb ich ihm das Spiel:
Gehabt euch wohl und amüsiert euch viel!

태양은 하늘에서 밝게 내리쬐어
이슬과 눈물방울마다 빛살이 영롱하고,
달님도 구름의 베일 사이로
요즈음 유행하는 것처럼 슬프게 내다본다.[*]
뒤편에는 높은 숲이 배경을 이루고 있다.
개 짖는 소리 들리고, 힘찬 사냥 나팔 소리 울린다;
이곳엔 깎아지른 바위에서 싱그러운 샘물이 굽이쳐
계곡에 이르러서는 실개천이 되어 은빛으로 흐른다;
물방아 바퀴가 덜컹대면, 기계들도 덩달아 덜컹댄다
가까운 숲에서는 새소리도 들리지 않는다.
그래도 노랫소리가 거세게 하염없이 들려오면,
그 집이 그 소리를 자아낸다고 생각하라.
하지만, 물방앗간에서 가장 멋진 일이 무엇인지는,
나의 일인극 주인공이 그대들에게 말해 줄 것이다;
내가 직접 그걸 말한다면, 그의 연극을 망치는 일이다:
그럼 이만 줄이니, 즐거운 구경이 되길 바란다!

---

[*] 당시의 사랑과 이별을 중심 테마로 한 대중적 낭만주의의 한 면을 보여
준다.

WANDERSCHAFT

Das Wandern ist des Müllers Lust,
    Das Wandern!
Das muß ein schlechter Müller sein,
Dem niemals fiel das Wandern ein,
    Das Wandern.

Vom Wasser haben wir's gelernt,
    Vom Wasser!
Das hat nicht Rast bei Tag und Nacht,
Ist stets auf Wanderschaft bedacht,
    Das Wasser.

Das sehn wir auch den Rädern ab,
    Den Rädern!
Die gar nicht gerne stille stehn,
Die sich mein Tag nicht müde drehn,
    Die Räder.

Die Steine selbst, so schwer sie sind,
    Die Steine!

방랑

방랑*은 방아꾼의 즐거움,
　　방랑은!
방랑을 모르는 방아꾼은
엉터리 방아꾼,
　　방랑을.

물에게서 우리는 방랑을 배웠네,
　　물에게서!
물은 낮이고 밤이고 쉬지 않고,
언제나 방랑만을 생각한다네,
　　물은.

물방아에게서도 우리는 배웠네,
　　물방아에게서도!
물방아는 쉴 줄 모른다네,
지칠 줄 모르고 돌아간다네,
　　물방아는.

물방아의 돌도, 아무리 무거워도,
　　물방아의 돌도!

● 방랑은 독일 낭만주의에서 많이 사용된 모티프이다. 시민적인 삶, 그
정체성에 반대되는 개념으로 낭만주의 시인들은 정신적 방랑을 강조한다.

Sie tanzen mit den muntern Reihn
Und wollen gar noch schneller sein,
    Die Steine.

O Wandern, Wandern, meine Lust,
    O Wandern!
Herr Meister und Frau Meisterin,
Laßt mich in Frieden weiter ziehn
    Und wandern.

물방아의 돌은 기쁘게 윤무를 추며,
좀 더 빨리 구르고 싶어 한다네,
　　　물방아의 돌은.

오 방랑, 방랑은 나의 기쁨,
　　　오 방랑일세!
주인 나리, 주인 마님,
내 갈 길 막지 말고
　　　방랑하게 해 주오.

WOHIN?

Ich hört ein Bächlein rauschen
Wohl aus dem Felsenquell,
Hinab zum Tale rauschen
So frisch und wunderhell.

Ich weiß nicht, wie mir wurde,
Nicht, wer den Rat mir gab,
Ich mußte gleich hinunter
Mit meinem Wanderstab.

Hinunter und immer weiter,
Und immer dem Bache nach,
Und immer frischer rauschte,
Und immer heller der Bach.

Ist das denn meine Straße?
O Bächlein, sprich, wohin?
Du hast mit deinem Rauschen
Mir ganz berauscht den Sinn.

Was sag ich denn von Rauschen?
Das kann kein Rauschen sein:
Es singen wohl die Nixen

어디로?

어디선가 바위틈 사이로 졸졸졸
흐르는 시냇물 소리가 들려왔네,
계곡을 향해 졸졸 흘러내렸네,
생기발랄하고 맑은 소리로.

왜 그랬는지 나도 모른다네,
누가 내게 일러 주었는지도 모른다네,
나도 곧장 지팡이 짚고서
따라가 보지 않을 수 없었네.

아래쪽으로 계속 갔네,
개울을 따라 계속 갔네,
개울은 더욱더 활기차게 졸졸대고,
더욱더 맑아졌네.

이게 정녕 내가 가야 할 길인가?
시냇물아, 말하렴, 어디로 가야 하니?
졸졸대는 소리로 네가
내 마음을 취하게 하였구나.
졸졸대는 소리라고?
저건 졸졸대는 소리가 아냐:
저 깊은 곳에서 물의 요정들이

Dort unten ihren Reihn.

Laß singen, Gesell, laß rauschen,
Und wandre fröhlich nach!
Es gehn ja Mühlenräder
In jedem klaren Bach.

춤추며 부르는 노랫소리라네.

친구여, 노래하고 졸졸대게 내버려 두세,
너도 따라 즐겁게 방랑하렴!
맑디맑은 시냇물마다
물방아가 돌아가고 있거든.

HALT!

Eine Mühle seh ich blicken
Aus den Erlen heraus,
Durch Rauschen und Singen
Bricht Rädergebraus.

Ei willkommen, ei willkommen,
Süßer Mühlengesang!
Und das Haus, wie so traulich!
Und die Fenster, wie blank!

Und die Sonne, wie helle
Vom Himmel sie scheint!
Ei, Bächlein, liebes Bächlein,
War es also gemeint?

멈추어라!

저기 오리나무 숲 사이로
반짝이는 물방앗간이 보이네,
졸졸대는 물소리, 노랫소리 사이로
쿵쾅대는 물방아 소리 들리네.

아, 반가워라, 반가워라,
달콤한 물방아의 노래여!
저 집은 친근하고!
창문들은 반짝이네

태양은 하늘에서
찬란하게 빛나고!
아, 시냇물아, 사랑스런 시냇물아,
네가 원한 게 이것이었니?

DANKSAGUNG AN DEN BACH

War es also gemeint,
Mein rauschender Freund,
Dein Singen, dein Klingen,
War es also gemeint?

Zur Müllerin hin!
So lautet der Sinn.
Gelt, hab ich's verstanden?
Zur Müllerin hin!

Hat *sie* dich geschickt?
Oder hast mich berückt?
Das möcht ich noch wissen,
Ob *sie* dich geschickt.

Nun wie's auch mag sein,
Ich gebe mich drein:
Was ich such, ist gefunden,
Wie's immer mag sein.

Nach Arbeit ich frug,
Nun hab ich genug,

시냇물에게 하는 감사의 말

네가 원한 게 이것이었니,
졸졸대는 나의 친구여,
너의 노래, 너의 속삭임,
네가 원한 게 이것이었니?

물방앗간 아가씨에게로!
네가 원한 건 이것이었어.
그렇지, 내 말이 맞지?
물방앗간 아가씨에게로!

그녀가 너를 보냈니?
아니면 너 홀로 나를 이끌었니?
그녀가 너를 보냈는지 아닌지
나는 정말로 알고 싶구나.

아니 그건 아무래도 좋아,
나는 네 뜻에 따르련다:
내가 찾던 것 찾았으니,
어찌 되었든 간에.

나는 일자리가 있느냐고 물었고,
이제 나는 많은 걸 갖게 되었네,

Für die Hände, fürs Herze
Vollauf genug!

일자리도 얻고 마음도 흐뭇해,
모든 것이 흡족할 뿐이네!

AM FEIERABEND

Hätt ich tausend
Arme zu rühren!
Könnt ich brausend
Die Räder führen!
Könnt ich wehen
Durch alle Haine!
Könnt ich drehen
Alle Steine!
Daß die schöne Müllerin
Merkte meinen treuen Sinn!

Ach, wie ist mein Arm so schwach!
Was ich hebe, was ich trage,
Was ich schneide, was ich schlage,
Jeder Knappe tut es nach.
Und da sitz ich in der großen Runde,
Zu der stillen kühlen Feierstunde,
Und der Meister spricht zu allen:
»Euer Werk hat mir gefallen«
Und das liebe Mädchen sagt
Allen eine gute Nacht.

하루 일이 끝나고

내게 수천 개의 팔이 있어
내 마음껏 쓸 수 있다면!
내게 우당탕 소리 내며
물방아를 돌릴 힘이 있다면!
내가 드넓은 수풀 사이로
두둥실 떠다닐 수 있다면!
내가 모든 맷돌들을
한꺼번에 돌릴 수 있다면!
아름다운 물방앗간 아가씨는
참된 내 마음을 알아줄 텐데!

아, 내 팔은 너무도 약하구나!
들어 올리고, 들어 나르고,
쪼개고, 두드리는 재주쯤은
직공들 누구나 갖고 있다네.
이제 조용하고 시원한 휴식 시간,
나는 다른 직공들과 함께 앉아 있네,
주인이 모두에게 말하네:
"모두 수고들 했네"
그러자 사랑스런 아가씨는
모두에게 잘 자라고 인사하네.

DER NEUGIERIGE

Ich frage keine Blume,
Ich frage keinen Stern,
Sie können mir nicht sagen,
Was ich erführ so gern.

Ich bin ja auch kein Gärtner,
Die Sterne stehn zu hoch;
Mein Bächlein will ich fragen,
Ob mich mein Herz belog.

O Bächlein meiner Liebe,
Wie bist du heut so stumm!
Will ja nur eines wissen,
Ein Wörtchen um und um.

»Ja« heißt das eine Wörtchen,
Das andre heißet »Nein«
Die beiden Wörtchen schließen
Die ganze Welt mir ein.

O Bächlein meiner Liebe,
Was bist du wunderlich!

궁금한 젊은이

꽃에게도 묻지 않고,
별에게도 묻지 않으리,
그들은 말해 줄 수 없으니,
내가 이토록 궁금해하는 것을.

그래, 나는 정원사도 아니고,
별들은 까마득히 떠 있으니;
냇물에게나 물어보려네,
내가 잘못 알고 있는 게 아니냐고.

오 내 사랑하는 작은 냇물아,
너는 오늘따라 말이 없구나!
내가 알고 싶은 것은 단 한 가지,
한마디 말이면 족하다네.

"그렇다"라든가,
"아니다"라든가,
하지만 이 두 마디가 내겐
온 세상과 다름없네.

오 내 사랑하는 냇물아,
무슨 생각을 그렇게 하니!

Will's ja nicht weitersagen,

Sag, Bächlein, liebt sie mich?

아무에게도 말하지 않을 테니,
말해 주렴, 냇물아, 그녀는 날 사랑하니?

DAS MÜHLENLEBEN

Seh ich sie am Bache sitzen,

Wenn sie Fliegennetze strickt,

Oder sonntags für die Fenster

Frische Wiesenblumen pflückt;

Seh ich sie zum Garten wandeln,

Mit dem Körbchen in der Hand,

Nach den ersten Beeren spähen

An der grünen Dornenwand:

Dann wird's eng in meiner Mühle,

Alle Mauern ziehn sich ein,

Und ich möchte flugs ein Fischer,

Jäger oder Gärtner sein.

Und der Steine lustig Pfeifen,

Und des Wasserrads Gebraus,

Und der Werke emsig Klappern,

's jagt mich fast zum Tor hinaus.

Aber wenn in guter Stunde

Plaudernd sie zum Burschen tritt,

물방앗간 젊은이의 삶

냇가에 앉아 있는 그녀를 보면,
모기장을 뜨거나,
일요일이 되어 창가에 놓을
싱싱한 꽃을 꺾는 그녀를 보면;

뜰로 걸어가는 그녀를 보면,
손에는 조그만 바구니를 들고
초록빛 가시덤불 사이에서
첫 딸기를 찾는 그녀를 보면:

나의 물방앗간은 비좁게 느껴지고,
사방의 벽들이 조여 오는 것 같네,
그러면 나는 당장이라도 어부나
사냥꾼이나 정원사가 되고 싶다네.

맷돌들의 즐거운 휘파람 소리,
물방아 바퀴들의 삐걱대는 소리,
부지런히 덜컹대는 기계 소리에
나는 문밖으로 달려나가고 싶네.

그러나 적절한 시간에 그녀가
젊은이에게 다가와 얘기를 하면,

Und als kluges Kind des Hauses
Seitwärts nach dem Rechten sieht;

Und verständig lobt den einen,
Daß der andre merken mag,
Wie er's besser treiben solle,
Geht er ihrem Danke nach —

Keiner fühlt sich recht getroffen,
Und doch schießt sie nimmer fehl,
Jeder muß von Schonung sagen,
Und doch hat sie keinen Hehl.

Keiner wünscht, sie möchte gehen,
Steht sie auch als Herrin da,
Und fast wie das Auge Gottes
Ist ihr Bild uns immer nah. —

Ei, da mag das Mühlenleben
Wohl des Liedes würdig sein,
Und die Räder, Stein und Stampfen
Stimmen als Begleitung ein.

물방앗간의 영리한 딸이라서
옆에서 잘된 일을 쳐다보며;

한 사람을 꾀바르게 칭찬하여,
옆에 있던 사람이 어떻게 하면
나도 더 잘할까 알아채게 하면,
그 사람은 그녀에게 감사만 할 뿐 ―

아무도 마음에 상처를 입지 않는다네,
하지만 그녀의 말은 빗나가지 않네,
모두들 그녀의 관대함을 노래하지만,
사실 그녀는 전혀 거리낌이 없다네.

그녀가 거기 여주인처럼 서 있어도,
누구 하나 그녀가 가길 바라지 않네,
오히려 그녀의 모습은 늘
하느님의 눈처럼 우리 곁에 있네 ―

아, 물방앗간 젊은이의 삶을
어찌 노래로 부르지 않으리오,
바퀴들과 맷돌과 절굿공이들도
반주하며 함께 노래한다네.

Alles geht in schönem Tanze
Auf und ab, und ein und aus:
Gott gesegne mir das Handwerk
Und des guten Meisters Haus!

모두 한데 어울려 멋지게 춤춘다네,
오르내리며, 들며 나며 춤을 춘다네:
하느님이시여, 내가 하는 일과
훌륭한 장인의 집에 축복을 내리소서!

UNGEDULD

Ich schnitt' es gern in alle Rinden ein,

Ich grüb' es gern in jeden Kieselstein,

Ich möcht es sä'n auf jedes frische Beet

Mit Kressensamen, der es schnell verrät,

Auf jeden weißen Zettel möcht ich's schreiben:

Dein ist mein Herz, und soll es ewig bleiben.

Ich möcht mir ziehen einen jungen Star,

Bis daß er spräch die Worte rein und klar,

Bis er sie spräch mit meines Mundes Klang,

Mit meines Herzens vollem, heißem Drang;

Dann säng er hell durch ihre Fensterscheiben:

»Dein ist mein Herz, und soll es ewig bleiben.«

Den Morgenwinden möcht ich's hauchen ein,

Ich möcht es säuseln durch den regen Hain;

O, leuchtet' es aus jedem Blumenstern!

Trüg es der Duft zu ihr von nah und fern!

Ihr Wogen, könnt ihr nichts als Räder treiben?

Dein ist mein Herz, und soll es ewig bleiben.

Ich meint', es müßt in meinem Augen stehn,

초조

나무껍질마다 새겨 두리,
조약돌마다 새겨 두리,
새로 만든 화단마다 뿌리리,
미나리 씨를 뿌려 어서 내 비밀을 드러내고 싶네,
하얀 종이쪽지마다 써 놓겠네:
나의 마음은 당신 것, 영원히 당신 것이라오.

어린 찌르레기를 길들여,
맑고 순수하게 노래하게 하겠네,
내 목소리로 하듯 말하게 하겠네,
내 가슴에 가득 찬 뜨거운 열정을 말하게 하겠네;
그러면 찌르레기는 그녀의 창가에서 맑게 노래하겠지:
"나의 마음은 당신 것, 영원히 당신 것이라오."

아침 바람에게도 그 말을 새겨 주고 싶네,
잠 깨는 숲에게도 그 말을 속삭이고 싶네;
오, 별 모양의 꽃마다 그 말이 반짝였으면!
꽃향기에 실려 그 말이 그녀에게 전해졌으면!
냇물아, 너는 물방아 돌리는 재주밖에 없니?
나의 마음은 당신 것, 영원히 당신 것이라오.

그 말은 나의 눈 속에서도 빛나고,

Auf meinen Wangen müßt man's brennen sehn,

Zu lesen wär's auf meinem stummen Mund,

Ein jeder Atemzug gäb's laut ihr kund;

Und sie merkt nichts von all dem bangen Treiben:

Dein ist mein Herz, und soll es ewig bleiben!

불타는 나의 뺨에서도 그 말은 보이리,
말 없는 나의 입술에서도 읽을 수 있으리,
나의 숨결마다 크게 울려 나오리;
하지만 그녀는 나의 이 답답한 마음을 모른다네:
나의 마음은 당신 것, 영원히 당신 것이라오!

MORGENGRUSS

Guten Morgen, schöne Müllerin!
Wo steckst du gleich das Köpfchen hin,
Als wär dir was geschehen?
Verdrießt dich denn mein Gruß so schwer?
Verstört dich denn mein Blick so sehr?
So muß ich wieder gehen.

O laß mich nur von ferne stehn,
Nach deinem lieben Fenster sehn,
Von ferne, ganz von ferne!
Du blondes Köpfchen, komm hervor!
Hervor aus eurem runden Tor,
Ihr blauen Morgensterne!

Ihr schlummertrunknen Äugelein,
Ihr taubetrübten Blümelein,
Was scheuet ihr die Sonne?
Hat es die Nacht so gut gemeint,
Daß ihr euch schließt und bückt und weint
Nach ihrer stillen Wonne?

Nun schüttelt ab der Träume Flor,

아침 인사

안녕, 아름다운 물방앗간 아가씨!
왜 자꾸 얼굴을 돌리는 건가요?
무슨 나쁜 일이라도 생겼나요?
내 아침 인사가 그렇게도 싫은가요?
내 눈길이 그렇게도 부담스러운가요?
그렇다면 나는 떠날 수밖에 없군요.

오, 멀리서라도
당신의 사랑스런 창문을 보게 해 주오,
멀리서, 아주 멀리서 말이오!
조그만 금발 머리여, 어서 나와요!
둥근 문을 열고 어서 나와요,
푸른빛의 샛별 같은 머리여!

아직 잠에 취한 사랑스런 두 눈이여,
이슬 가득 머금은 꽃들이여,
너희들은 왜 해를 피하니?
지난밤이 너무나 멋졌던 까닭에
두 눈을 꼭 감고서 고개를 떨군 채
간밤의 조용한 환희를 그리는 거니?

자 이제 꿈의 베일일랑 떨쳐 버리고,

Und hebt euch frisch und frei empor
In Gottes hellen Morgen!
Die Lerche wirbelt in der Luft,
Und aus dem tiefen Herzen ruft
Die Liebe Leid und Sorgen.

고개를 들어 밝고 맑은 눈으로
하느님이 보낸 화창한 아침을 보아라!
하늘에는 종다리가 뱅뱅 떠돌고,
내 가슴속 깊은 곳에서는
사랑이 고통과 근심을 불러일으키네.

DES MÜLLERS BLUMEN

Am Bach viel kleine Blumen stehn,
Aus hellen blauen Augen sehn;
Der Bach, der ist des Müllers Freund,
Und hellblau Liebchens Auge scheint,
Drum sind es meine Blumen.

Dicht unter ihrem Fensterlein
Da pflanz ich meine Blumen ein,
Da ruft ihr zu, wenn alles schweigt,
Wenn sich ihr Haupt zum Schlummer neigt,
Ihr wißt ja, was ich meine.

Und wenn sie tät die Äuglein zu,
Und schläft in süßer, süßer Ruh,
Dann lispelt als ein Traumgesicht
Ihr zu: »Vergiß, vergiß mein nicht!«
Das ist es, was ich meine.

Und schließt sie früh die Laden auf,
Dann schaut mit Liebesblick hinauf:
Der Tau in euren Äugelein,
Das sollen meine Tränen sein,

물방앗간 젊은이의 꽃

시냇가에 작은 꽃들이 피어 있네,
맑고 푸른 눈망울로 쳐다보네;
시냇물은 방아꾼의 친구,
내 사랑의 두 눈은 연푸른빛,
그러니 이 꽃들은 나의 꽃이라네.

그녀의 작은 창 밑에
나의 꽃들을 심으리;
온 세상이 잠잠해지고, 그녀가 잠들면
그녀에게 소리쳐 다오,
너희들은 내 마음 알겠지.

그녀가 예쁜 두 눈을 감고서
달디단 잠 속으로 빠져들면,
그녀의 꿈속에 대고 속삭여 다오,
"나를 잊지 마세요!"라고.
그게 바로 나의 마음이야!

아침 일찍 그녀가 덧문을 열면,
그녀를 사랑스레 올려다보아 다오:
너희들의 눈에 맺힌 이슬은
나의 눈물,

Die will ich auf euch weinen.

너희 꽃 위에 흘린 내 눈물이라네.

TRÄNENREGEN

Wir saßen so traulich beisammen
Im kühlen Erlendach,
Wir schauten so traulich zusammen
Hinab in den rieselnden Bach.

Der Mond war auch gekommen,
Die Sternlein hinterdrein,
Und schauten so traulich zusammen
In den silbernen Spiegel hinein.

Ich sah nach keinem Monde,
Nach keinem Sternenschein,
Ich schaute nach ihrem Bilde,
Nach ihren Augen allein.

Und sahe sie nicken und blicken
Herauf aus dem seligen Bach,
Die Blümlein am Ufer, die blauen,
Sie nickten und blickten ihr nach.

비처럼 흐르는 눈물

우리는 다정하게 어깨를 맞대고
시원한 오리나무 그늘 아래 앉아 있었네,
우리는 다정하게 어깨를 맞대고
졸졸대는 냇물을 내려다보았네.

달님이 둥실 떠올랐고,
별들도 따라서 반짝였네,
우리는 다정하게 어깨를 맞대고
은빛 거울˚ 속을 들여다보았네.

내 눈에는 달님도 보이지 않았고,
반짝이는 별들도 보이지 않았네,
나는 오로지 그녀의 모습만을,
그녀의 두 눈만을 바라보았네.

그녀의 두 눈이 행복한 냇물에서
춤추며 올려다보는 것을 보았네,
물가에 핀 파란 작은 꽃들도
춤추며 그녀의 모습을 바라보았네.

˚ 시냇물의 수면(水面)을 말함.

Und in den Bach versunken
Der ganze Himmel schien,
Und wollte mich mit hinunter
In seine Tiefe ziehn.

Und über den Wolken und Sternen
Da rieselte munter der Bach,
Und rief mit Singen und Klingen:
»Geselle, Geselle, mir nach!«

Da gingen die Augen mir über,
Da ward es im Spiegel so kraus;
Sie sprach: »Es kommt ein Regen,
Ade, ich geh nach Haus.«

그리고 하늘이 몽땅
냇물 속에 가라앉은 것 같았네,
그 깊은 냇물 속으로 나를
끌어들이려 하는 것 같았네.

개울에 비친 구름과 별들 위로
냇물은 즐겁게 흘러갔네,
졸졸졸 소리 내며 노래했네:
"친구여, 친구여, 나를 따라와요!"

그때 내 눈에선 눈물이 흘렀고,
거울의 표면이 어지럽게 흔들렸네;
그녀는 말했네: "비가 올 것 같아요,
안녕! 이만 들어가 봐야겠어요."

MEIN!

Bächlein, laß dein Rauschen sein!

Räder, stellt eur Brausen ein!

All ihr muntern Waldvögelein,

Groß und klein,

Endet eure Melodein!

Durch den Hain

Aus und ein

Schalle heut *ein* Reim allein:

Die geliebte Müllerin ist *mein!*

Mein!

Frühling, sind das alle deine Blümelein?

Sonne, hast du keinen hellern Schein?

Ach, so muß ich ganz allein,

Mit dem seligen Worte *mein*,

Unverstanden in der weiten Schöpfung sein!

나의 것!

시냇물아, 그만 졸졸거려라!
물방아야, 그만 덜컹거려라!
숲에 사는 명랑한
크고 작은 새들아,
노래를 멈추어라!
작은 숲 사이로
들며 나며
오늘은 이 노래만 울리게 하자:
아리따운 물방앗간 아가씨는 나의 것!
나의 것이라네!
봄이여, 흐드러지게 꽃을 피워라.
태양이여, 좀 더 밝게 빛날 수 없는가!
아, 나의 것이라는 말을 간직한 이 마음,
이 드넓은 세상에서
아무도 몰라주나!

PAUSE

Meine Laute hab ich gehängt an die Wand,

Hab sie umschlungen mit einem grünen Band ——

Ich kann nicht mehr singen, mein Herz ist zu voll,

Weiß nicht, wie ich's in Reime zwingen soll.

Meiner Sehnsucht allerheißesten Schmerz

Durft ich aushauchen in Liederscherz,

Und wie ich klagte so süß und fein,

Meint ich doch, mein Leiden wär nicht klein.

Ei, wie groß ist wohl meines Glückes Last,

Daß kein Klang auf Erden es in sich faßt?

Nun, liebe Laute, ruh an dem Nagel hier!

Und weht ein Lüftchen über die Saiten dir,

Und streift eine Biene mit ihren Flügeln dich,

Da wird mir bange und es durchschauert mich.

Warum ließ ich das Band auch hängen so lang?

Oft fliegt's um die Saiten mit seufzendem Klang.

Ist es der Nachklang meiner Liebespein?

Soll es das Vorspiel neuer Lieder sein?

간주곡

칠현금에 초록색 리본을 달아
벽에 걸어 두었네 —
가슴이 너무 벅차, 더 이상 노래 못 하겠네,
이 느낌 어떻게 노래해야 할지 모르겠네.
내 그리움의 가장 쓰린 고통을
익살스런 노래로 달래기도 했고,
달콤하고 부드럽게 비탄을 노래하며
이 고통이 가볍지 않음을 알았네.
아, 이 행복의 짐이 얼마나 크길래,
이 세상 어떤 노래도 그것을 담지 못한단 말인가?

사랑스런 칠현금이여, 벽에 걸려 쉬거라!
한 줄기 바람이 불어와 네 줄을 건드리거나,
한 마리 벌이 날개로 네 줄을 퉁기면,
내 마음 두려움에 떤다.
왜 나 그리도 오래 리본을 달아 두었던가?
이따금 리본은 한숨지으며 줄을 스치네.
그것은 내 사랑의 고통의 메아리인가?
새로운 노래의 서곡인가?

MIT DEM GRÜNEN LAUTENBANDE

»Schad um das schöne grüne Band,
Daß es verbleicht hier an der Wand,
Ich hab das Grün so gern!«
So sprachst du, Liebchen, heut zu mir;
Gleich knüpf ich's ab und send es dir:
Nun hab das Grüne gern!

Ist auch dein ganzer Liebster weiß,
Soll Grün doch haben seinen Preis,
Und ich auch hab es gern.
Weil unsre Lieb ist immergrün,
Weil grün der Hoffnung Fernen blühn,
Drum haben wir es gern.

Nun schlingst du in die Locken dein
Das grüne Band gefällig ein,
Du hast ja 's Grün so gern.
Dann weiß ich, wo die Hoffnung wohnt,
Dann weiß ich, wo die Liebe thront,
Dann hab ich 's Grün erst gern.

칠현금의 초록색 리본을 풀어

"저 고운 초록색 리본이
벽에 걸려 시들다니 안타까워요,
초록색은 내가 좋아하는 색인데!"
그대는 오늘 내게 그렇게 말했지;
나는 당장 리본을 풀어 그대에게 보내네:
이제 초록색을 실컷 즐겨 다오!

그대가 가장 좋아하는 색이 흰색이라 해도,
초록색은 초록색대로 멋있어,
나도 그 색이 좋다네.
우리의 사랑은 늘 푸른색이기에,
희망은 멀리서 파랗게 피어나기에,
우리는 초록색을 좋아한다네.

이제 초록색 리본으로 우아하게
그대의 머리를 묶어요,
그대도 초록색을 좋아하니까.
그러면 나는 알겠네, 희망이 깃든 곳,
그러면 나는 알겠네, 사랑이 깃든 곳,
이제 나는 초록색이 정말 좋아졌네.

DER JÄGER

Was sucht denn der Jäger am Mühlbach hier?
Bleib, trotziger Jäger, in deinem Revier!
Hier gibt es kein Wild zu jagen für dich,
Hier wohnt nur ein Rehlein, ein zahmes, für mich.
Und willst du das zärtliche Rehlein sehn,
So laß deine Büchsen im Walde stehn,
Und laß deine klaffenden Hunde zu Haus,
Und laß auf dem Horne den Saus und Braus,
Und schere vom Kinne das struppige Haar,
Sonst scheut sich im Garten das Rehlein fürwahr.

Doch besser, du bliebest im Walde dazu,
Und ließest die Mühlen und Müller in Ruh.
Was taugen die Fischlein im grünen Gezweig?
Was will denn das Eichhorn im bläulichen Teich?
Drum bleibe, du trotziger Jäger, im Hain,
Und laß mich mit meinen drei Rädern allein;
Und willst meinem Schätzchen dich machen beliebt,
So wisse, mein Freund, was ihr Herzchen betrübt:
Die Eber, die kommen zu Nacht aus dem Hain,
Und brechen in ihren Kohlgarten ein,
Und treten und wühlen herum in dem Feld:

사냥꾼

사냥꾼이 물방앗간 시냇가에서 뭘 찾는 거지?
뻔뻔스런 사냥꾼아, 자네 구역에나 머무르시지!
이곳엔 자네가 찾는 사냥감은 없어,
이곳엔 나의 착한 어린 사슴뿐이야.
자네가 내 귀여운 사슴을 보고 싶다면,
엽총 같은 건 숲속에 놔두고,
짖어 대는 사냥개들도 집에 두고,
요란스런 뿔나팔도 불지 말고,
더부룩한 턱수염도 깎고 오라,
정원의 내 사슴이 놀라지 않도록.

아니, 차라리 자넨 숲속에 있는 게 낫겠어,
물방앗간과 이곳 사람들의 평화를 깨지 말게.
물고기가 푸른 나뭇가지 사이에서 뭘 하겠는가?
다람쥐가 푸른 연못에서 뭘 하겠는가?
그러니, 뻔뻔스런 사냥꾼아, 숲에나 머무르시지,
나와 이 물방앗간은 건들지 말아 다오;
내 애인을 유혹하려 든다면,
그건 그녀의 여린 마음을 아프게 하는 거야:
밤마다 숲에서 멧돼지들이 나와,
그녀의 배추밭에 뛰어들어
온통 짓밟고 파헤치고 다니니,

Die Eber die schieße, du Jägerheld!

멧돼지들이나 쏘게, 사냥꾼 친구야!

EIFERSUCHT UND STOLZ

Wohin so schnell, so kraus, so wild, mein lieber Bach?
Eilst du voll Zorn dem frechen Bruder Jäger nach?
Kehr um, kehr um, und schilt erst deine Müllerin
Für ihren leichten, losen, kleinen Flattersinn.
Sahst du sie gestern Abend nicht am Tore stehn,
Mit langem Halse nach der großen Straße sehn?
Wenn von dem Fang der Jäger lustig zieht nach Haus,
Da steckt kein sittsam Kind den Kopf zum Fenster 'naus.
Geh, Bächlein, hin und sag ihr das, doch sag ihr nicht,
Hörst du, kein Wort, von meinem traurigen Gesicht;
Sag ihr: »Er schnitzt bei mir sich eine Pfeif aus Rohr,
Und bläst den Kindern schöne Tänz und Lieder vor.«

질투와 자존심

어디로 그리 급히 달려가니, 사랑하는 냇물아?
화가 치밀어 그 뻔뻔스런 사냥꾼의 뒤를 쫓아가니?
걸음을 돌려라, 돌려, 먼저 네 물방앗간 처녀를 꾸짖어라,
가볍고 칠칠치 못한 그녀의 변덕스런 마음을 꾸짖어라.
너는 그녀가 어제 저녁 문 앞에 서 있는 것을 못 봤니,
목을 길게 빼고 한길 쪽을 내다보고 있는 걸 보지 못했니?
사냥꾼이 콧노래를 부르며 사냥터에서 돌아올 때,
정숙한 처녀라면 창문 밖으로 머리를 내밀지 않는 법.
어서 가서, 냇물아, 이렇게 말해라, 아니, 말하지 말아라,
내 말 듣고 있니, 나의 슬픈 얼굴 얘기는 하지 말아라;
그녀에게 말해라: "그는 물가에서 갈대 피리를 만들어,
아이들에게 멋진 춤곡과 노래를 들려주고 있어요."라고.

ERSTER SCHMERZ, LETZTER SCHERZ

Nun sitz am Bache nieder
Mit deinem hellen Rohr,
Und blas den lieben Kindern
Die schönen Lieder vor.

Die Lust ist ja verrauschet,
Das Leid hat immer Zeit:
Nun singe neue Lieder
Von alter Seligkeit.

Noch blühn die alten Blumen,
Noch rauscht der alte Bach,
Es scheint die liebe Sonne
Noch wie am ersten Tag.

Die Fensterscheiben glänzen
Im klaren Morgenschein,
Und hinter den Fensterscheiben
Da sitzt die Liebste mein.

Ein Jäger, ein grüner Jäger,
Der liegt in ihrem Arm —

처음엔 고통, 나중엔 농담

이제 너는 시냇가에 앉아
너의 낭랑한 피리로
사랑스런 아이들에게
멋진 노래를 들려주어라.

기쁨이야 점차 사라지지만,
고통은 변함이 없으니:
이제 지난날의 행복을
새롭게 노래 불러라.

꽃들은 여전히 피어나고,
냇물도 여전히 졸졸대고,
사랑스런 태양도 첫날처럼
여전히 환하게 빛나고 있네.

화창한 아침 햇살에
유리창들은 반짝이고,
거기 유리창 뒤에는
내 사랑이 앉아 있다네.

사냥꾼, 새파란 사냥꾼이
그녀의 품에 안겨 있네 ―

Ei, Bach, wie lustig du rauschest!
Ei, Sonne, wie scheinst du so warm!

Ich will einen Strauß dir pflücken,
Herzliebste, von buntem Klee,
Den sollst du mir stellen ans Fenster,
Damit ich den Jäger nicht seh.

Ich will mit Rosenblättern
Den Mühlensteg bestreun:
Der Steg hat mich getragen
Zu dir, Herzliebste mein!

Und wenn der stolze Jäger
Ein Blättchen mir zertritt,
Dann stürz, o Steg, zusammen
Und nimm den Grünen mit!

Und trag ihn auf dem Rücken
Ins Meer, mit gutem Wind,
Nach einer fernen Insel,
Wo keine Mädchen sind.

아, 냇물아, 넌 즐겁게 졸졸대는구나!
아, 태양아, 넌 따사롭게 빛나는구나!

내 사랑아, 내 그대에게 온갖 색깔의
토끼풀로 꽃다발을 만들어 줄 테니,
그것을 창가에 놓아두지 않겠니,
내 눈에 사냥꾼이 보이지 않도록.

나는 물방앗간 다리에
장미꽃을 뿌리고 싶어:
그 다리는 날 그대에게
데려다주었지, 내 사랑아!

만약에 그 뻔뻔스런 사냥꾼이
작은 꽃잎 하나라도 짓밟으면,
오 물방앗간 다리야, 무너져 내려
그 새파란 녀석을 데려가 다오!

그 녀석을 너의 등에 태우고
순풍을 타고 바다로 가 다오,
아가씨들 하나 보이지 않는
멀고 먼 섬으로 데려가 다오.

Herzliebste, das Vergessen,

Es kommt dir ja nicht schwer —

Willst du den Müller wieder?

Vergißt dich nimmermehr.

내 사랑이여, 너에겐 망각이
그렇게 어려워 보이지는 않아 —
물방앗간 젊은이를 다시 원하니?
그는 너를 결코 잊지 못할 거야.

DIE LIEBE FARBE

In Grün will ich mich kleiden,
In grüne Tränenweiden,
Mein Schatz hat 's Grün so gern.
Will suchen einen Zypressenhain,
Eine Heide voll grünem Rosmarein,
Mein Schatz hat 's Grün so gern.

Wohlauf zum fröhlichen Jagen!
Wohlauf durch Heid' und Hagen!
Mein Schatz hat 's Jagen so gern.
Das Wild, das ich jage, das ist der Tod,
Die Heide, die heiß ich die Liebesnot,
Mein Schatz hat 's Jagen so gern.

Grabt mir ein Grab im Wasen,
Deckt mich mit grünem Rasen,
Mein Schatz hat 's Grün so gern.
Kein Kreuzlein schwarz, kein Blümlein bunt,
Grün, alles grün so rings und rund!
Mein Schatz hat 's Grün so gern.

좋아하는 색깔

나 초록색 옷을 입으리,
초록색 버드나무 옷을 입으리,
내 사랑은 초록색을 좋아하니까.
측백나무 숲을 찾아가리,
초록색 로즈메리* 들판을 찾아가리,
내 사랑은 초록색을 좋아하니까.

자, 즐겁게 사냥하러 가세!
자, 들판과 수풀을 누비며!
내 사랑은 사냥을 좋아하거든.
내가 찾는 사냥감은 죽음,
사냥터는 사랑의 고통이라네,
내 사랑은 사냥을 좋아하거든.

날 위해 들판에 무덤을 파고,
나를 푸른 잔디로 덮어 주오,
내 사랑은 초록색을 좋아하거든.
검은 십자가도 색색의 꽃도 필요 없어,
온통 초록색으로 뒤덮어 주오!
내 사랑은 초록색을 좋아하거든.

* 상록 관목으로 충실, 정조, 기억의 상징.

DIE BÖSE FARBE

Ich möchte ziehn in die Welt hinaus,
Hinaus in die weite Welt,
Wenn's nur so grün, so grün nicht wär
Da draußen in Wald und Feld!

Ich möchte die grünen Blätter all
Pflücken von jedem Zweig,
Ich möchte die grünen Gräser all
Weinen ganz totenbleich.

Ach, Grün, du böse Farbe du,
Was siehst mich immer an,
So stolz, so keck, so schadenfroh,
Mich armen weißen Mann?

Ich möchte liegen vor ihrer Tür,
In Sturm und Regen und Schnee,
Und singen ganz leise bei Tag und Nacht
Das eine Wörtchen: Ade!

Horch, wenn im Wald ein Jagdhorn ruft,
Da klingt ihr Fensterlein,

싫어하는 색깔

나 세상으로 떠나리,
드넓은 세상으로 떠나리,
저 바깥의 숲과 들판이
푸른빛이 아니라면 좋겠어!

나뭇가지마다 매달린
푸른 잎을 모두 떼어 버리고,
나의 눈물로 파란 잔디를 온통
죽음의 흰빛으로 표백할 거야.

아, 초록색, 너 나쁜 색깔아,
왜 나를 줄곧 그렇게 쳐다보니,
뽐내는 짓궂은 눈초리로
이 가엾은 창백한 남자를?

폭풍이 치나 비가 오나 눈이 내려도,
나는 그녀의 집 문 앞에 누워서,
밤낮으로 나직이 노래하리라:
'안녕'이라고!

들어 봐, 숲에서 사냥 나팔 소리 들리면,*
그녀의 작은 창문이 열리는 소리,

Und schaut sie auch nach mir nicht aus,
Darf ich doch schauen hinein.

O binde von der Stirn dir ab
Das grüne, grüne Band,
Ade, Ade! und reiche mir
Zum Abschied deine Hand!

그녀는 나를 보지 않아도,
나는 그녀의 모습을 볼 수 있으리.

아, 네 이마에서
초록 리본을 풀고,
'안녕, 안녕!' 하며 내게
작별의 손을 건네 다오!

BLÜMLEIN VERGISSMEIN

Was treibt mich jeden Morgen
So tief ins Holz hinein?
Was frommt mir, mich zu bergen
Im unbelauschten Hain?

Es blüht auf allen Fluren
Blümlein *Vergiß mein nicht,*
Es schaut vom heitern Himmel
Herab in blauem Licht.

Und soll ich's niedertreten,
Bebt mir der Fuß zurück,
Es fleht aus jedem Kelche
Ein wohlbekannter Blick.

Weißt du, in welchem Garten
Blümlein *Vergiß mein* steht?
Das Blümlein muß ich suchen,
Wie auch die Straße geht.

's ist nicht für Mädchenbusen,
So schön sieht es nicht aus:

'나를 잊어 주세요' 꽃

무엇이 아침마다 나를
깊은 숲속으로 내모는가?
엿듣는 사람 없는 숲속에
무엇 때문에 몸을 숨기는가?

들판마다 피어 있는
'나를 잊지 마세요' 꽃,
그 꽃이 맑은 하늘에서
푸른빛으로 내려다본다.

그 꽃을 밟으려다가,
나의 발은 움칠하고,
꽃받침마다
낯익은 눈길이 애원한다.

그대는 아는가, 어느 정원에
'나를 잊어 주세요' 꽃이 피었는지?
나는 그 꽃을 찾아야 하네,
그 길이 아무리 험할지라도.

아가씨의 품엔 어울리지 않는 꽃,
정말로 볼품이 없는 꽃이라네:

Schwarz, schwarz ist seine Farbe,
Es paßt in keinen Strauß.

Hat keine grüne Blätter,
Hat keinen Blütenduft,
Es windet sich am Boden
In nächtig dumpfer Luft.

Wächst auch an einem Ufer,
Doch unten fließt kein Bach,
Und willst das Blümlein pflücken,
Dich zieht der Abgrund nach.

Das ist der rechte Garten,
Ein schwarzer, schwarzer Flor:
Darauf magst du dich betten —
Schleuß zu das Gartentor!

그 꽃의 색깔은 검디검어서,
어떤 화환에도 어울리지 않는다네.

초록색 잎사귀도 없고,
꽃향기도 나지 않는다네,
밤처럼 침침한 대기 속에서
땅바닥에 붙어 꿈틀댄다네.

그 꽃은 물가에서 자라지만,
아래쪽엔 냇물이 흐르지 않고,
그대가 그 꽃을 꺾으려 하면,
심연이 그대를 끌고 간다네.

그곳엔 그 꽃의 정원이 있다네,
검디검은 꽃들이 만발한 정원*이:
그대는 그곳에 드러누울 수 있지 ―
이제 정원의 문을 닫아 버리게!

---

* 죽음의 정원을 뜻한다.

TROCKNE BLUMEN

Ihr Blümlein alle,

Die sie mir gab,

Euch soll man legen

Mit mir ins Grab.

Wie seht ihr alle

Mich an so weh,

Als ob ihr wüßtet,

Wie mir gescheh?

Ihr Blümlein alle,

Wie welk, wie blaß?

Ihr Blümlein alle,

Wovon so naß?

Ach, Tränen machen

Nicht maiengrün,

Machen tote Liebe

Nicht wieder blühn.

Und Lenz wird kommen,

Und Winter wird gehn,

시든 꽃

그녀가 내게 건네준
너희 모든 꽃들아,
나와 함께
무덤 속으로 가자.

너희는 왜 모두들
날 슬픈 눈으로 쳐다보니?
내게 무슨 일이 있었는지
꼭 아는 것 같구나.

너희 모든 꽃들아,
왜 그리 시들고 창백하니?
너희 모든 꽃들아,
무엇에 그리 젖었니?

아, 운다고 오월의 초록빛
되돌아오지 못하고,
죽은 사랑 다시
되살아나지 않으리.

봄이 오고,
겨울이 가면,

Und Blümlein werden
Im Grase stehn,

Und Blümlein liegen
In meinem Grab,
Die Blümlein alle,
Die sie mir gab.

Und wenn sie wandelt
Am Hügel vorbei,
Und denkt im Herzen:
»*Der* meint's treu!«

Dann Blümlein alle,
Heraus, heraus!
Der Mai ist kommen,
Der Winter ist aus.

풀밭에는
꽃들이 피어나겠지.

그리고 작은 꽃들은 나의
무덤 속에 누워 있겠지,
그녀가 내게 건네준
그 모든 꽃들은.

어느 날 그녀가
내 무덤가를 지나며
'그 사람은 진실했어!'라고
마음속으로 생각하면,

너희들 모든 꽃들아,
어서 나와라, 어서 나와라!
겨울은 가고,
오월이 찾아왔으니.

DER MÜLLER UND DER BACH

[DER MÜLLER]

Wo ein treues Herze
In Liebe vergeht,
Da welken die Lilien
Auf jedem Beet.

Da muß in die Wolken
Der Vollmond gehn,
Damit seine Tränen
Die Menschen nicht sehn.

Da halten die Englein
Die Augen sich zu,
Und schluchzen und singen
Die Seele zu Ruh.

물방앗간 젊은이와 시냇물

물방앗간 젊은이

진실한 마음이
사랑으로 스러질 때,
화단마다 피어 있던
백합들도 시들고,

행여 그의 눈물
보일까,
보름달도
구름 속으로 사라지네.

그땐 천사들도
눈을 감고,
흐느끼며 노래 불러
그의 넋을 잠재운다네.

[DER BACH]

Und wenn sich die Liebe
Dem Schmerz entringt,
Ein Sternlein, ein neues,
Am Himmel erblinkt.

Da springen drei Rosen,
Halb rot, halb weiß,
Die welken nicht wieder,
Aus Dornenreis.

Und die Engelein schneiden
Die Flügel sich ab,
Und gehn alle Morgen
Zur Erde hinab.

시냇물

사랑이 고통에서
벗어나고,
별이, 새로운 별이
하늘에서 반짝이면,

붉고 흰
세 송이 장미가
가시 돋친 가지에서 피어나
다시는 시들지 않아요.

그러면 천사들도
날개를 접고,
매일 아침
땅으로 내려오지요.

[DER MÜLLER]

Ach, Bächlein, liebes Bächlein,
Du meinst es so gut:
Ach, Bächlein, aber weibt du,
Wie Liebe tut?

Ach, unten, da unten,
Die kühle Ruh!
Ach, Bächlein, liebes Bächlein,
So singe nur zu.

물방앗간 젊은이

아, 냇물아, 사랑하는 냇물아,
너는 듣기 좋은 말만 하는구나:
아, 냇물아, 그런데 너는 아니,
사랑이 이다지도 괴로운 것을?

아, 저 아래, 개울 밑에
달콤한 안식이 있구나!
아, 냇물아, 사랑스런 냇물아,
자장가나 불러 다오.

DES BACHES WIEGENLIED

Gute Ruh, gute Ruh!

Tu die Augen zu!

Wandrer, du müder, du bist zu Haus.

Die Treu ist hier,

Sollst liegen bei mir,

Bis das Meer will trinken die Bächlein aus.

Will betten dich kühl,

Auf weichem Pfühl,

In dem blauen kristallenen Kämmerlein.

Heran, heran,

Was wiegen kann,

Woget und wieget den Knaben mir ein!

Wenn ein Jagdhorn schallt

Aus dem grünen Wald,

Will ich sausen und brausen wohl um dich her.

Blickt nicht herein,

Blaue Blümelein!

Ihr macht meinem Schläfer die Träume so schwer.

Hinweg, hinweg

시냇물의 자장가

편히 쉬어요! 편히 쉬어요!
두 눈을 감고!
그대 지친 방랑자여, 이제 집에 왔으니.
이곳엔 모든 것이 진실하지요,
나와 함께 누워 있어요,
바다가 시냇물을 모두 삼킬 때까지.

그대를 푹신한 베개 위에
편히 재워 주겠어요,
파란 수정의 작은 방에서.
어서 오라, 어서 오라,
흔들 줄 아는 모든 것들아,
흔들고 얼러 나의 아이를 재워 다오!

푸른 숲속에서
사냥꾼의 나팔 소리가 울리면,
나는 그대 곁에서 우당탕 소리를 낼 거예요.
들여다보지 말아라,
푸른 꽃들아!
잠든 젊은이의 꿈을 방해하지 마라.

사라져라, 멀리 사라지거라,

Von dem Mühlensteg,

Böses Mägdlein, daß ihn dein Schatten nicht weckt!

Wirf mir herein

Dein Tüchlein fein,

Daß ich die Augen ihm halte bedeckt!

Gute Nacht, gute Nacht!

Bis alles wacht,

Schlaf aus deine Freude, schlaf aus dein Leid!

Der Vollmond steigt,

Der Nebel weicht,

Und der Himmel da oben, wie ist er so weit!

물방앗간 오솔길에서,
나쁜 아가씨야, 네 그림자로 그를 깨우지 마라!
나를 향해 이리로
너의 고운 머릿수건을 던져라,
그의 두 눈을 덮어 주게!

잘 자요, 잘 자요!
만물이 다시 깨어날 때까지,
기쁨도 고통도 모두 떨쳐 버리고!
보름달은 떠오르고,
안개는 걷히고,
저 위의 하늘은 높고 푸르러라!

DER DICHTER, ALS EPILOG

Weil gern man schließt mit einer runden Zahl,

Tret ich noch einmal in den vollen Saal,

Als letztes, fünfundzwanzigstes Gedicht,

Als Epilog, der gern das Klügste spricht.

Doch pfuschte mir der Bach ins Handwerk schon

Mit seiner Leichenred im nassen Ton.

Aus solchem hohlen Wasserorgelschall

Zieht jeder selbst sich besser die Moral;

Ich geb es auf, und lasse diesen Zwist,

Weil Widerspruch nicht meines Amtes ist.

So hab ich denn nichts lieber hier zu tun,

Als euch zum Schluß zu wünschen, wohl zu ruhn.

Wir blasen unsre Sonn und Sternlein aus —

Nun findet euch im Dunkel gut nach Haus,

Und wollt ihr träumen einen leichten Traum,

So denkt an Mühlenrad und Wasserschaum,

Wenn ihr die Augen schließt zu langer Nacht,

Bis es den Kopf zum Drehen euch gebracht.

Und wer ein Mädchen führt an seiner Hand,

Der bitte scheidend um ein Liebespfand,

시인의 맺음말

사람들은 정수로 끝내는 것을 좋아하니,
나는 이미 만원인 홀에 다시 발을 들여놓는다,
마지막의, 스물다섯 번째 시로,
늘 가장 현명한 말을 하는 맺음말을 위해.
하지만 시냇물이 벌써 눈물 어린 목소리의
조사(弔辭)로 내가 할 몫에 손을 댔구나.
사람들은 제각각 그처럼 흐릿한 시냇물의
웅얼대는 소리에서 교훈을 찾아야 하리라;
나는 그만두리, 그런 논쟁*에서 벗어나리라,
논박은 나의 직분이 아니니까.
그러므로 차라리 내가 여기서 할 일은
그대들에게 끝으로 편히 쉬라고 인사하는 것.
우리는 우리의 태양과 별빛을 불어서 끈다 ―
이제 그대들은 어둠 속에서 집을 잘 찾아가라,
그리고 그대들이 가벼운 꿈을 꾸고 싶거든,
물방아와 물거품을 생각하라,
길고 긴 밤에 눈을 감고 있다가,
잠이 들어 저절로 고개가 돌아갈 때까지.
그리고 한 아가씨와 사랑에 빠진 젊은이는
헤어질 때 사랑의 표시를 부탁하라,

---

* 물방앗간 젊은이의 죽음이 옳으냐, 아니냐를 놓고 벌이는 논쟁.

Und gibt sie heute, was sie oft versagt,

So sei des treuen Müllers treu gedacht

Bei jedem Händedruck, bei jedem Kuß,

Bei jedem heißen Herzensüberfluß:

Geb' ihm die Liebe für sein kurzes Leid

In eurem Busen lange Seligkeit!

그리고 오늘 그녀가 여태껏 거절하던 것을 주면,
우리의 진실한 물방앗간 젊은이를 생각하라,
악수를 하거나 키스를 할 때,
뜨겁게 마음이 넘쳐흐를 때에도:
내가 그에게 고통스런 짧은 사랑을 준 것은
그대들의 가슴에 긴 행복을 주기 위함이다!

2부

겨울 나그네

Die Winterreise

GUTE NACHT

Fremd bin ich eingezogen,
Fremd zieh ich wieder aus.
Der Mai war mir gewogen
Mit manchem Blumenstrauß.
Das Mädchen sprach von Liebe,
Die Mutter gar von Eh' ——
Nun ist die Welt so trübe,
Der Weg gehüllt in Schnee.

Ich kann zu meiner Reisen
Nicht wählen mit der Zeit:
Muß selbst den Weg mir weisen
In dieser Dunkelheit.
Es zieht ein Mondenschatten
Als mein Gefährte mit,
Und auf den weißen Matten
Such ich des Wildes Tritt.

Was soll ich länger weilen,
Bis man mich trieb' hinaus?
Laß irre Hunde heulen
Vor ihres Herren Haus!

잘 자요

나 방랑자 신세로 왔으니,
방랑자 신세로 다시 떠나네.
오월은 흐드러진 꽃다발로
나를 따뜻하게 맞아 주었지.
그 아가씨는 사랑을 속삭였고,
그 어머니는 결혼까지 말했지만 —
이제 온 세상은 슬픔으로 가득 차고,
나의 길에는 눈만 높이 쌓여 있네.

떠나가는 나의 방랑길에
이별의 때를 정할 수는 없다네:
이 캄캄한 어둠 속에서
나 스스로 길을 찾아야 하네.
나의 길동무는
달그림자뿐,
하얗게 눈 덮인 벌판에서
나는 짐승의 발자국을 찾네.

무엇하러 더 오래 머물다가,
사람들에게 떼밀려 갈 텐가?
길 잃은 개들아
집 앞에서 실컷 짖으려무나!

Die Liebe liebt das Wandern, —

Gott hat sie so gemacht —

Von einem zu dem andern —

Fein Liebchen, Gute Nacht!

Will dich im Traum nicht stören,

Wär Schad um deine Ruh,

Sollst meinen Tritt nicht hören —

Sacht, sacht die Türe zu!

Ich schreibe nur im Gehen

Ans Tor noch »Gute Nacht«

Damit du mögest sehen,

Ich hab an dich gedacht.

사랑은 방랑을 좋아해 —
모두 하느님의 뜻이라네 —
정처 없이 떠돌 수밖에 —
귀여운 내 사랑, 잘 자요!

그대의 꿈을 방해하고 싶지 않아,
그대의 단잠을 깨뜨리고 싶지 않아,
발걸음 소리 들리지 않도록 —
살며시, 살며시 문을 닫네!
가면서 나는 그대의 방문에다
'잘 자요'라고 적어 놓네,
내가 당신을 생각했음을
보아주기를 바라며.

DIE WETTERFAHNE

Der Wind spielt mit der Wetterfahne
Auf meines schönen Liebchens Haus.
Da dacht ich schon in meinem Wahne,
Sie pfiff' den armen Flüchtling aus.

Er hätt es ehr bemerken sollen,
Des Hauses aufgestecktes Schild,
So hätt er nimmer suchen wollen
Im Haus ein treues Frauenbild.

Der Wind spielt drinnen mit den Herzen,
Wie auf dem Dach, nur nicht so laut.
Was fragen sie nach meinen Schmerzen?
Ihr Kind ist eine reiche Braut.

풍향계

아리따운 그녀의 집 지붕 위에서
바람이 풍향계를 가지고 논다.
어느새 나는 망상에 젖어 생각했네,
저게 이 불쌍한 도망자를 놀리는군.

저 사람은 좀 더 일찍 알아챘어야 했어,
지붕 위에 서 있는 이 표시를 말야,
그랬더라면 저 사람은 이 집 안에서
진실한 여인을 찾으려 하진 않았을 거야.

바람*이 그 집 안에서 마음들을 가지고 논다,
지붕 위에서처럼, 다만 소리 나지 않게.
그들이 무엇 때문에 내 고통을 물을 텐가?
그들의 딸은 이제 부잣집 약혼녀인걸.

---

* 자연현상인 바람이 애인의 변덕스런 마음으로 전이되어 나타남.

GEFRORENE TRÄNEN

Gefrorne Tropfen fallen
Von meinen Wangen ab:
Und ist's mir denn entgangen,
Daß ich geweinet hab?

Ei Tränen, meine Tränen,
Und seid ihr gar so lau,
Daß ihr erstarrt zu Eise,
Wie kühler Morgentau?

Und dringt doch aus der Quelle
Der Brust so glühend heiß,
Als wolltet ihr zerschmelzen
Des ganzen Winters Eis.

얼어 버린 눈물

얼어 버린 눈물방울들이
두 뺨에서 굴러떨어진다:
나도 모르는 사이에
울고 있었던 것인가?

아, 눈물아, 나의 눈물아,
너희는 왜 그리 미지근하여,
차가운 아침 이슬처럼
얼어서 얼음이 되는 거니?

하지만 너희는 내 가슴의 샘에서
펄펄 뜨겁게 쏟아져 나온다,
온 겨울의 얼음 덩어리들을
모두 다 녹여 버릴 것 같구나.

ERSTARRUNG

Ich such im Schnee vergebens
Nach ihrer Tritte Spur,
Hier, wo wir oft gewandelt
Selbander durch die Flur.

Ich will den Boden küssen,
Durchdringen Eis und Schnee
Mit meinen heißen Tränen,
Bis ich die Erde seh.

Wo find ich eine Blüte,
Wo find ich grünes Gras?
Die Blumen sind erstorben,
Der Rasen sieht so blaß.

Soll denn kein Angedenken
Ich nehmen mit von hier?
Wenn meine Schmerzen schweigen,
Wer sagt mir dann von ihr?

Mein Herz ist wie erfroren,
Kalt starrt ihr Bild darin:

얼어 버렸네

여기 지난날 우리가 팔짱을 끼고
거닐던 푸른 들판을 찾아와,
나는 헛되이 하얀 눈 속에서
그녀의 발자국을 찾네.

나는 땅에 입 맞추고 싶어,
땅바닥이 보일 때까지
뜨거운 나의 눈물로
얼음과 눈을 녹이고 싶어.

어디서 꽃을 찾을까?
어디서 파란 풀을 찾을까?
꽃들은 죽어 사라졌고,
잔디는 이리도 창백하니.

이곳에서 내가 가져갈
추억의 기념물은 없는가?
언젠가 나의 고통이 잠들면,
무엇으로 그녀를 되새길까?

나의 가슴은 얼어 죽은 듯하네,
그녀 모습도 내 가슴속에서 얼어 버렸네:

Schmilzt je das Herz mir wieder,

Fließt auch das Bild dahin.

언젠가 나의 가슴이 다시 녹으면,
그녀의 모습도 녹아 사라지겠지.

DER LINDENBAUM

Am Brunnen vor dem Tore
Da steht ein Lindenbaum:
Ich träumt in seinem Schatten
So manchen süßen Traum.

Ich schnitt in seine Rinde
So manches liebe Wort;
Es zog in Freud und Leide
Zu ihm mich immerfort.

Ich mußt auch heute wandern
Vorbei in tiefer Nacht,
Da hab ich noch im Dunkel
Die Augen zugemacht.

Und seine Zweige rauschten,
Als riefen sie mir zu:

보리수

성문 앞 샘물 곁에
서 있는 보리수:*
나는 그 그늘 아래
수많은 단꿈을 꾸었네.

보리수 껍질에다
사랑의 말 새겨 넣고;
기쁠 때나 슬플 때나
언제나 그곳을 찾았네.

나 오늘 이 깊은 밤에도
그곳을 지나야 했다네.
캄캄한 어둠 속에서도
두 눈을 꼭 감아 버렸네.

나뭇가지들이 살랑거리면서,
꼭 나를 부르는 것 같았네:

---

* 뮐러는 바트 조덴 알렌도르프의 성문 앞에 서 있는 한 보리수로부터 이
시의 영감을 받았다고 한다. 그 성문은 오늘날은 사라지고 단지 도로명으로만
존재한다. 보리수나무 역시 1912년에 벼락을 맞아 죽고, 2년 뒤에 같은 자리에
다른 보리수나무가 심겨 지금은 그 나무가 무성한 자태를 뽐내고 있다.
반면에 샘물은 뮐러의 시절과 변함없이 그 자리를 지키고 있다.

»Komm her zu mir, Geselle,
Hier findst du deine Ruh!«

Die kalten Winde bliesen
Mir grad ins Angesicht,
Der Hut flog mir vom Kopfe,
Ich wendete mich nicht.

Nun bin ich manche Stunde
Entfernt von jenem Ort,
Und immer hör ich's rauschen:
Du fändest Ruhe dort!

"친구여, 내게로 오라,
여기서 안식을 찾으라!"고.

차가운 바람이 불어와
얼굴을 세차게 때렸네,
모자가 바람에 날려도,
나 돌아보지 않았네.

이제 그곳에서 멀어진 지
벌써 한참이 되었네,
그래도 여전히 속삭이는 소리 들리네:
"친구여, 여기서 안식을 찾으라!"*

---

* 이 시 전체를 보면, 앞뒤의 다른 시들에 비해 따뜻한 느낌을 주지만 이
시의 이 대목을 자살 유혹으로 해석하는 경향도 있다. 즉 방랑과 실연에 지친
젊은이여, 어서 보리수 나뭇가지에 목을 매고 영원한 안식을 찾으라는 것이다.
예전에 행복을 느꼈던 그 나뭇가지에 목을 매라고. 한겨울에 푸른 보리수를
그리워한다는 데서 시적 화자의 환상적인 측면이 잘 나타난다.

DIE POST

Von der Straße her ein Posthorn klingt.
Was hat es, daß es so hoch aufspringt,
    Mein Herz?

Die Post bringt keinen Brief für dich:
Was drängst du denn so wunderlich,
    Mein Herz?

Nun ja, die Post kommt aus der Stadt,
Wo ich ein liebes Liebchen hatt,
    Mein Herz!

Willst wohl einmal hinübersehn,
Und fragen, wie es dort mag gehn,
    Mein Herz?

우편마차

길에서 우편마차 나팔 소리가 들려오네.
왜 이리도 길길이 날뛰는 거니,
　　나의 심장아?

네게 오는 편지는 없단다:
그런데 왜 그렇게 서두르는 거니,
　　나의 심장아?

아 그래, 우편마차가 그 마을에서 오는군,
내 사랑하던 아가씨가 살던 그 마을에서,
　　나의 심장아!

너는 어쩌면 그쪽을 한번 건너다보고
그곳 사정이 어떤지 묻고 싶은 거니,
　　나의 심장아?

WASSERFLUT

Manche Trän aus meinen Augen
Ist gefallen in den Schnee;
Seine kalten Flocken saugen
Durstig ein das heiße Weh.

Wann die Gräser sprossen wollen,
Weht daher ein lauer Wind,
Und das Eis zerspringt in Schollen,
Und der weiche Schnee zerrinnt.

Schnee, du weißt von meinem Sehnen:
Sag mir, wohin geht dein Lauf?
Folge nach nur meinen Tränen,
Nimmt dich bald das Bächlein auf.

Wirst mit ihm die Stadt durchziehen,
Muntre Straßen ein und aus:
Fühlst du meine Tränen glühen,
Da ist meiner Liebsten Haus.

넘쳐흐르는 눈물*

수많은 눈물 내 눈에서 흘러
눈[雪] 위로 떨어졌네;
차가운 눈송이들은 목마른 듯
내 뜨거운 고통을 들이마시네.

파릇파릇 새싹이 돋고,
따뜻한 바람이 불어올 때면,
얼음덩이들이 부서지고,
눈도 살며시 녹겠지.

눈아, 넌 내 그리움을 알지:
말하렴, 넌 이제 어디로 가니?
내 눈물의 뒤만 따라가면,
곧 시냇물이 너를 받아 줄 거야.

넌 냇물과 함께 마을을 누비고,
분주한 거리들을 들며 나겠지:
네가 내 눈물이 뜨거워짐을 느낄 때,
그곳에 내 연인의 집이 있는 거야.

---

* 시냇물과 눈물의 이미지가 중첩되어 나타난다.

AUF DEM FLUSSE

Der du so lustig rauschtest,
Du heller, wilder Fluß,
Wie still bist du geworden,
Gibst keinen Scheidegruß.

Mit harter, starrer Rinde
Hast du dich überdeckt,
Liegst kalt und unbeweglich
Im Sande hingestreckt.

In deine Decke grab ich
Mit einem spitzen Stein
Den Namen meiner Liebsten
Und Stund und Tag hinein:

Den Tag des ersten Grußes,
Den Tag, an dem ich ging,
Um Nam' und Zahlen windet
Sich ein zerbrochner Ring.

Mein Herz, in diesem Bache
Erkennst du nun dein Bild?

강 위에서

그토록 즐겁게 소리치던,
너 맑고 거친 강물아,
웬일인지 너무 조용해져,
작별의 말도 하지 않는구나.

너는 단단한 얼음판으로
뒤덮여 있구나, 너는
모래 속에 몸을 쭉 뻗은 채
얼어붙어 꼼짝하지 않는다.

나는 뾰족한 돌멩이로
너의 얼음 껍질에다
사랑하던 여인의 이름과
즐겁던 나날을 새긴다:

우리가 처음 만난 날과
내가 떠난 날을 새긴다,
이름과 숫자 주위에
깨어진 반지를 그려 넣는다.

나의 심장아, 이 냇물에
너의 모습이 비치니?

Ob's unter seiner Rinde

Wohl auch so reißend schwillt?

얼음 껍질 밑에서도
네 모습은 격하게 부풀어 오르니?

RÜCKBLICK

Es brennt mir unter beiden Sohlen,
Tret ich auch schon auf Eis und Schnee.
Ich möcht nicht wieder Atem holen,
Bis ich nicht mehr die Türme seh.

Hab mich an jedem Stein gestoßen,
So eilt ich zu der Stadt hinaus;
Die Krähen warfen Bäll und Schloßen
Auf meinen Hut von jedem Haus.

Wie anders hast du mich empfangen,
Du Stadt der Unbeständigkeit!
An deinen blanken Fenstern sangen
Die Lerch und Nachtigall im Streit.

Die runden Lindenbäume blühten,
Die klaren Rinnen rauschten hell,
Und ach, zwei Mädchenaugen glühten! ——
Da war's geschehn um dich, Gesell!

회상

얼음과 눈을 밟으며 왔건만,
내 발밑은 뜨겁게 화끈댄다.
탑들이 보이지 않을 때까지,
숨도 쉬지 말고 걸어가야지.

돌멩이에 마구 채여 가면서,
난 마을에서 서둘러 도망쳤네;*
이 집 저 집 지붕에서 까마귀들은
내 모자 위로 눈덩이와 우박을 던졌네.

지난날엔 나를 다르게 맞아 주었지,
너 변덕쟁이 마을아!
너의 반짝이는 창문들 밖에서는
종다리와 꾀꼬리가 다투듯 노래했지.

아름드리 보리수들은 꽃을 피워 올렸고,
맑은 시냇물은 즐겁게 흘렀지,
그리고, 아, 소녀의 두 눈은 타올랐네! —
그러나 이젠 모두가 지난 일, 이 친구야!

---

* 여기서부터 나그네는 작별의 단계를 넘어서 고독의 과정으로 들어간다.
이제부터 아름다운 시절은 그저 상상 속에만 존재할 뿐이다.

Kömmt mir der Tag in die Gedanken,

Möcht ich noch einmal rückwärts sehn,

Möcht ich zurücke wieder wanken,

Vor *ihrem* Hause stille stehn.

그날이 다시 생각나면
다시 한번 뒤돌아보고 싶네,
다시 한번 비틀대며 돌아가
그녀의 집 앞에 가만히 서 있고 싶네.

DER GREISE KOPF

Der Reif hatt einen weißen Schein
Mir übers Haar gestreuet.
Da meint ich schon ein Greis zu sein,
Und hab mich sehr gefreuet.

Doch bald ist er hinweggetaut,
Hab wieder schwarze Haare,
Daß mir's vor meiner Jugend graut ——
Wie weit noch bis zur Bahre!

Vom Abendrot zum Morgenlicht
Ward mancher Kopf zum Greise.
Wer glaubt's? Und meiner ward es nicht
Auf dieser ganzen Reise!

하얗게 센 머리

서리가 내 머리에
하얀빛을 흩뿌려 놓았네.
벌써 노인이 된 것 같아
나는 몹시 기뻤네.

하지만 어느새 서리는 녹아,
내 머리는 다시 검어졌네,
나는 젊음이 두려웠네 —
나 죽어 묻힐 날은 언제인가!

저녁 황혼에서 아침 햇살 사이에
백발이 되는 사람도 많다고 하지만
누가 그걸 믿겠는가? 그런 일은 오래
방랑하는 동안 일어나지 않았으니!

DIE KRÄHE

Eine Krähe war mit mir
Aus der Stadt gezogen,
Ist bis heute für und für
Um mein Haupt geflogen.

Krähe, wunderliches Tier,
Willst mich nicht verlassen?
Meinst wohl bald als Beute hier
Meinen Leib zu fassen?

Nun, es wird nicht weit mehr gehn
An dem Wanderstabe.
Krähe, laß mich endlich sehn
Treue bis zum Grabe!

까마귀

그 마을을 떠나올 때
까마귀 한 마리가 따라왔네,
까마귀는 오늘도 계속해서
내 머리 위를 날고 있네.

까마귀야, 희한한 짐승아,
왜 내게서 떠나지 않는 거니?
혹시 너는 머지않아 내 몸뚱이를
먹을 수 있다고 생각하는 거니?

이제, 지팡이를 짚고 가는
방랑의 길도 오래가지는 않으리.
까마귀야, 어디 한번 보여 다오
저승길까지 따라오는 너의 충성심을!

LETZTE HOFFNUNG

Hier und da ist an den Bäumen
Noch ein buntes Blatt zu sehn,
Und ich bleibe vor den Bäumen
Oftmals in Gedanken stehn.

Schaue nach dem einen Blatte,
Hänge meine Hoffnung dran;
Spielt der Wind mit meinem Blatte,
Zittr' ich, was ich zittern kann.

Ach, und fällt das Blatt zu Boden,
Fällt mit ihm die Hoffnung ab,
Fall ich selber mit zu Boden,
Wein' auf meiner Hoffnung Grab.

마지막 희망

여기저기 나무들마다
단풍 든 나뭇잎이 보이네.
나는 나무들 앞에 서서
깊은 생각에 잠기곤 하네.

나는 한 잎새를 바라보며
거기에 내 마지막 희망을 거네;
바람이 나의 잎새를 흔들면,
나의 몸도 덜덜덜 떨려 오네.

아, 그 잎새 땅에 떨어지면,
나의 희망도 따라 떨어지고,
나도 따라 땅바닥에 쓰러져
내 희망의 무덤 위에서 운다네.

IM DORFE

Es bellen die Hunde, es rasseln die Ketten.
Die Menschen schnarchen in ihren Betten,
Träumen sich manches, was sie nicht haben,
Tun sich im Guten und Argen erlaben:
Und morgen früh ist alles zerflossen. —
Je nun, sie haben ihr Teil genossen,
Und hoffen, was sie noch übrig ließen,
Doch wieder zu finden auf ihren Kissen.

Bellt mich nur fort, ihr wachen Hunde,
Laßt mich nicht ruhn in der Schlummerstunde!
Ich bin zu Ende mit allen Träumen —
Was will ich unter den Schläfern säumen?

마을에서

개들이 짖고, 사슬이 찰칵거린다.
사람들은 침대에서 코를 골고,
자신들이 갖지 못한 것들을 꿈꾸며,
좋은 것이든 나쁜 것이든 실컷 즐긴다:
새벽이 되면 모든 건 사라지리라 —
아, 모두들 제 몫을 잘 즐겼지만,
미처 다 채우지 못한 것을
베개를 베고 다시 찾고 싶어 한다.

내 등 뒤에서 짖어 대라, 깨어 있는 개들아,
남들 자는 시간에 나를 쉬게 하지 마라!
나의 모든 꿈들은 이미 다 끝장났으니 —
나 왜 잠든 사람들 틈에 더 머물겠는가?*

---

* 뮐러가 지닌 정치적 성향의 특성 면에서 본다면, 이 대목은 개인적인
고통을 말하는 것이면서도 — 3월 전기 직전에 쓰인 이 시의 시대적 배경을
고려해 볼 때 — 정치적인 무기력증과 유럽 전역에 번진 공동묘지 같은
안식을 암시하는 것으로 볼 수 있다. 극단적인 각성의 모티프가 엿보인다.

DER STÜRMISCHE MORGEN

Wie hat der Sturm zerrissen
Des Himmels graues Kleid!
Die Wolkenfetzen flattern
Umher in mattem Streit.

Und rote Feuerflammen
Ziehen zwischen ihnen hin.
Das nenn ich einen Morgen
So recht nach meinem Sinn!

Mein Herz sieht an dem Himmel
Gemalt sein eignes Bild —
Es ist nichts als der Winter,
Der Winter kalt und wild!

폭풍우 치는 아침

폭풍우가 하늘의 잿빛 옷을
갈기갈기 찢어 버렸구나!
누더기 구름들은 싸움에
지쳐 이리저리 펄럭댄다.

이윽고 붉은 불꽃들이
구름 사이로 나타난다.
정말 내 마음속으로 바라던
아침다운 아침이구나!

나의 심장은 하늘에
그려진 제 모습을 본다 ―
이제는 다름 아닌 겨울,
차갑고 거친 겨울이구나!

TÄUSCHUNG

Ein Licht tanzt freundlich vor mir her;
Ich folg ihm nach die Kreuz und Quer;
Ich folg ihm gern, und seh's ihm an,
Daß es verlockt den Wandersmann.
Ach, wer wie ich so elend ist,
Gibt gern sich hin der bunten List,
Die hinter Eis und Nacht und Graus
Ihm weist ein helles, warmes Haus,
Und eine liebe Seele drin —
Nur Täuschung ist für mich Gewinn!

착각

다정한 빛이 내 앞에서 뛰놀아,
이리저리 그 빛을 쫓아가네;
무턱대고 따라가다가 그 빛이
방랑자를 현혹하는 빛임을 깨닫네.
아! 나처럼 비참한 처지의 사람은
그런 화려한 착각에 금방 넘어가지,
얼음과 밤, 그리고 공포 저 너머에
밝고 따뜻한 집이 있다고 생각하지.
사랑하는 이가 그 안에 살고 있다고 ──
내가 잘하는 장기는 착각뿐이구나!

DER WEGWEISER

Was vermeid ich denn die Wege,
Wo die andren Wandrer gehn,
Suche mir versteckte Stege
Durch verschneite Felsenhöhn?

Habe ja doch nichts begangen,
Daß ich Menschen sollte scheun —
Welch ein törichtes Verlangen
Treibt mich in die Wüstenein?

Weiser stehen auf den Straßen,
Weisen auf die Städte zu,
Und ich wandre sonder Maßen,
Ohne Ruh, und suche Ruh.

Einen Weiser seh ich stehen
Unverrückt vor meinem Blick;
Eine Straße muß ich gehen,
Die noch keiner ging zurück.

이정표

왜 나는 다른 방랑자들이 다니는
큰길들을 피해,
눈 덮인 바위 벼랑 사이로 난
은밀한 오솔길을 찾아가는가?

나는 사람들의 눈을 피할 만한
나쁜 짓도 저지르지 않았는데 ──
그 어떤 어리석은 열망 때문에
황야를 헤매는 걸까?

길가마다 이정표들이 서서
마을로 가는 길을 알려 주지만,
나는 이렇게 끝없이 방랑하면서,
쉬지 않고, 안식을 찾아 헤맨다.

나의 눈앞에 이정표 하나가
꼼짝 않고 서 있는 게 보인다;
나는 그 길을 가야만 한다,
돌아온 사람 아무도 없는 길을.

DAS WIRTSHAUS

Auf einen Totenacker
Hat mich mein Weg gebracht.
Allhier will ich einkehren:
Hab ich bei mir gedacht.

Ihr grünen Totenkränze
Könnt wohl die Zeichen sein,
Die müde Wandrer laden
Ins kühle Wirtshaus ein.

Sind denn in diesem Hause
Die Kammern all besetzt?
Bin matt zum Niedersinken
Und tödlich schwer verletzt.

O unbarmherzge Schenke,
Doch weisest du mich ab?
Nun weiter denn, nur weiter,
Mein treuer Wanderstab!

여관

길이 나를 데려다준 곳은
공동묘지였네.
이곳에 묵어야겠군:
나는 속으로 생각했네.

너희 푸른 장례의 화환들은,
지친 나그네들을
서늘한 여관으로 안내하는
표지판처럼 보이는구나.

그런데 이 여관에는
방이 모두 찼는가?
난 지쳐 쓰러질 지경인 데다
치명적인 상처를 입었어.

아, 이 무정한 여관아,
넌 나를 받아 주지 않니?
그렇다면 그냥 가자, 가자,
나의 충실한 지팡이여!

DAS IRRLICHT

In die tiefsten Felsengründe
Lockte mich ein Irrlicht hin:
Wie ich einen Ausgang finde,
Liegt nicht schwer mir in dem Sinn.

Bin gewohnt das Irregehen,
's führt ja der Weg zum Ziel:
Unsre Freuden, unsre Wehen,
Alles eines Irrlichts Spiel!

Durch des Bergstroms trockne Rinnen
Wind ich ruhig mich hinab ——
Jeder Strom wird 's Meer gewinnen,
Jedes Leiden auch ein Grab.

도깨비불

깊디깊은 바위 벼랑으로
도깨비불이 나를 유혹했네:
빠져나갈 길을 찾는 일은
별로 걱정되지 않아.

나는 방황에 익숙한 몸,
결국은 바깥으로 나갈 테니까:
우리가 겪는 즐거움과 고통,
모두 도깨비불의 장난일 뿐!

옛날엔 격류가 흐르던 곳 이제는 말라
그곳으로 구불구불 조용히 내려가네 ―
모든 강물은 바다에 닿게 마련,
모든 고통은 무덤에 닿게 마련.

RAST

Nun merk ich erst, wie müd ich bin,
Da ich zur Ruh mich lege;
Das Wandern hielt mich munter hin
Auf unwirtbarem Wege.

Die Füße frugen nicht nach Rast,
Es war zu kalt zum Stehen,
Der Rücken fühlte keine Last,
Der Sturm half fort mich wehen.

In eines Köhlers engem Haus
Hab Obdach ich gefunden;
Doch meine Glieder ruhn nicht aus:
So brennen ihre Wunden.

Auch du, mein Herz, im Kampf und Sturm
So wild und so verwegen,
Fühlst in der Still erst deinen Wurm
Mit heißem Stich sich regen!

휴식

나 얼마나 지쳤는지 이제야 알았네,
그래 이제 누워서 쉬려네;
길을 걸을 땐 즐거웠네
가는 길 아무리 험해도.

가만히 서 있기엔 너무나 추워,
나의 발은 쉬자고 불평도 안 했네,
세찬 바람이 등을 밀어 주어
등에 진 짐이 무겁지 않았네.

어느 숯장이의 비좁은 움막에서
잠시 쉬어 가기도 했네;
하지만 상처 난 곳이 쑤셔,
제대로 편히 쉬지 못했네.

나의 마음아, 너도 사납고 거친
폭풍우와 맞서 싸울 땐 모르다가,
이제 조용히 쉬려니 네 가슴속에서
가시처럼 쑤시는 아픔을 느끼는구나!

DIE NEBENSONNEN

Drei Sonnen sah ich am Himmel stehn,

Hab lang und fest sie angesehn;

Und sie auch standen da so stier,

Als könnten sie nicht weg von mir.

Ach, *meine* Sonnen seid ihr nicht!

Schaut andren doch ins Angesicht!

Ja, neulich hatt ich auch wohl drei:

Nun sind hinab die besten zwei.

Ging' nur die dritt erst hinterdrein!

Im Dunkel wird mir wohler sein.

가짜 태양들*

하늘에 세 개의 태양이 떠 있는 걸 보았네,
나는 오랫동안 꼼짝 않고 바라보았네;
그것들도 그곳에 그대로 박혀 있었네,
내게서 떠나고 싶어 하지 않는 것 같았네.
아, 너희들은 나의 태양이 아니야!
다른 사람들 얼굴이나 쳐다보도록 해!
내게도 전에는 세 개의 태양이 있었지,
이젠 멋진 두 개의 태양은 지고 말았어.
세 번째 것도 그 뒤를 따랐으면 좋겠군!
차라리 어둠이 덮치면 좀 더 편할 테니까.

---

* 태양 양쪽 옆에 빛나는 곳. 태양과 같은 높이에 떠 있다. 햇빛이 대기
중의 얼음 결정체에 부딪쳐 굴절되어 생겨남. 여기서는 "가짜 태양들"이 시적
화자인 방랑자가 사랑하던 아가씨의 눈을 뜻한다.

FRÜHLINGSTRAUM

Ich träumte von bunten Blumen,
So wie sie wohl blühen im Mai,
Ich träumte von grünen Wiesen,
Von lustigem Vogelgeschrei.

Und als die Hähne krähten,
Da ward mein Auge wach;
Da war es kalt und finster,
Es schrien die Raben vom Dach.

Doch an den Fensterscheiben
Wer malte die Blätter da?
Ihr lacht wohl über den Träumer,
Der Blumen im Winter sah?

Ich träumte von Lieb um Liebe,
Von einer schönen Maid,
Von Herzen und von Küssen,
Von Wonn und Seligkeit.

Und als die Hähne krähten,
Da ward mein Herze wach;

봄을 꿈꾸다

나는 어여쁜 꽃들을 꿈꾸었네,
오월에 피는 꽃들을;
나는 꿈꾸었네, 푸른 초원과
새들의 흥겨운 노랫소리를.

수탉들의 울음소리에
나는 눈을 떴네;
날은 춥고 어두웠고,
지붕에서는 까마귀 떼가 울었네.

그런데 저기 유리창에
누가 잎새들을 그려 놓았지?
너희는 한겨울에 꽃들을 꿈꾼
이 몽상가를 비웃는 거니?

나는 꿈꾸었네, 진한 사랑을,
아리따운 아가씨와,
포옹과 달콤한 키스와,
환희와 행복을 꿈꾸었네.

수탉들이 울었을 때,
나의 가슴도 깨어났네;

Nun sitz ich hier alleine
Und denke dem Traume nach.

Die Augen schließ ich wieder,
Noch schlägt das Herz so warm.
Wann grünt ihr Blätter am Fenster?
Wann halt ich dich, Liebchen, im Arm?

이제 나는 여기 홀로 앉아서
곰곰이 그 꿈을 생각해 보네.

나는 두 눈을 다시 감네,
가슴이 아직도 따뜻하게 고동치네.
창가의 잎들은 언제 다시 피려나?
언제 다시 그대를 품에 안아 볼까?

EINSAMKEIT

Wie eine trübe Wolke
Durch heitre Lüfte geht,
Wann in der Tanne Wipfel
Ein mattes Lüftchen weht:

So zieh ich meine Straße
Dahin mit trägem Fuß,
Durch helles, frohes Leben,
Einsam und ohne Gruß.

Ach, daß die Luft so ruhig!
Ach, daß die Welt so licht!
Als noch die Stürme tobten,
War ich so elend nicht.

고독

전나무 우듬지에
살랑 바람이 스치면,
맑은 하늘에
검은 구름이 흐르듯,

나도 무거운 걸음걸이로
터벅터벅 나의 길을 따라가네,
밝고 즐거운 모습들 사이로,
쓸쓸하게, 다정한 벗도 없이.

아, 바람은 고요하구나!
아, 세상은 참으로 밝구나!
폭풍우가 휘몰아칠 때도,
나 이처럼 비참하지는 않았는데.

MUT!

Fliegt der Schnee mir ins Gesicht,
Schüttl' ich ihn herunter.
Wenn mein Herz im Busen spricht,
Sing ich hell und munter.

Höre nicht, was es mir sagt,
Habe keine Ohren.
Fühle nicht, was es mir klagt,
Klagen ist für Toren.

Lustig in die Welt hinein
Gegen Wind und Wetter!
Will kein Gott auf Erden sein,
Sind wir selber Götter.

용기를 가져라!

눈발이 얼굴로 날아들면,
나는 그것을 털어 버린다네.
가슴속의 심장이 무슨 말을 하면,
나는 큰 소리로 즐겁게 노래하네.

나는 심장이 하는 말을 듣지 않네,
내게는 귀가 없다네.
심장이 한탄하는 것도 느끼지 않네,[*]
한탄은 바보들이나 하는 짓.

즐겁게 세상 속으로 들어가세,
바람과 폭풍우와 맞서면서!
이 세상에 신이 없어도 좋아,
그러면 우리가 바로 신이니까!

---

[*] 희망이 없는 시적 화자는 모든 것에 대한 무감각을 꿈꾼다. 그에겐
회상도 없다. 『아름다운 물방앗간 아가씨』의 「'나를 잊어 주세요' 꽃」과
일맥상통한다. 그렇기 때문에 그에게는 과거도 없다.

DER LEIERMANN

Drüben hinterm Dorfe
Steht ein Leiermann,
Und mit starren Fingern
Dreht er, was er kann.

Barfuß auf dem Eise
Schwankt er hin und her;
Und sein kleiner Teller
Bleibt ihm immer leer.

Keiner mag ihn hören
Keiner sieht ihn an;
Und die Hunde brummen
Um den alten Mann.

Und er läßt es gehen
Alles, wie es will,
Dreht, und seine Leier
Steht ihm nimmer still.

거리의 악사

저편 마을 한구석에
거리의 악사가 서 있네,
얼어붙은 손가락으로
손풍금을 빙빙 돌리네.

맨발로 얼음 위에 서서*
이리저리 몸을 흔들지만;
그의 조그만 접시는
언제나 텅 비어 있어.

아무도 들어 줄 이 없고,
아무도 거들떠보지 않는다네;
개들만 그 늙은이 주위를 빙빙 돌며
으르렁거리고 있네.

그래도 그는 모든 것을
되는대로 내버려두고
손풍금을 돌린다네, 그의 악기는
절대 멈추지 않는다네.

---

* 버림받은 인간의 실존적 고통을 명쾌하게 표현한 구절.

Wunderlicher Alter,

Soll ich mit dir gehn?

Willst zu meinen Liedern

Deine Leier drehn?

참으로 이상한 노인이여,
내가 당신과 함께 가 드릴까요?
나의 노래에 맞춰
손풍금을 켜 주지 않을래요?*

---

* 시적 화자는 자신을 거리의 악사와 동일시한다. 그러한 동일시는 실존적
차원의 동질성에서 기인한다. 여기서 뮐러의 민요의 새로운 가능성이
엿보인다. 그의 민요는 낭만주의의 상투어를 벗어나려 한다.

프란츠 슈베르트

나 방랑자 신세로 왔으니,
방랑자 신세로 다시 떠나네.
오월은 흐드러진 꽃다발로
나를 따뜻하게 맞아 주었지.
그 아가씨는 사랑을 속삭였고,
그 어머니는 결혼까지 말했지만 ─
이제 온 세상은 슬픔으로 가득 차고,
나의 길에는 눈만 높이 쌓여 있네.
　　　　　　　　─「잘 자요」에서

「겨울 나그네」 악보(1827)

빌헬름 뮐러

1794년	10월 7일 독일 작센안할트 주의 데사우에서 출생. 아버지 크리스티안 레오폴트 뮐러(1752-1820)는 재봉사였으며 어머니의 이름은 마리 레오폴디네(1751-1808)였다. 일곱 명의 형제자매가 모두 어린 나이에 죽고 뮐러만 유일하게 살아남았고, 그 덕분에 충분한 교육을 받을 수 있는 여건이 마련되었다. 그는 남매들 중 끝에서 두 번째였다.
1800년	데사우 본과정 학교에 다녔으며 초등학교가 아닌 본과정 학교에 보낸 것은 부모가 자신들의 신분을 아들에게는 물려주고 싶지 않아서였다. 그에 대한 기대가 컸던 만큼 모든 신경을 그에게 쏟았지만 많은 것을 강요하지는 않았다. 그 결과 자유로운 분위기에서 자랄 수 있었다.
1808년	어머니의 죽음. 학교 성적은 좋았으나 모범생은 아니었다.
1809년	아버지의 재혼. 상대는 미망인 마리 젤만(1769-1853)으로 돈이 많은 여자여서 1100탈러 정도에 상당하는 집을 지참금으로 가져왔다. 그 결과 아버지는 어려움 없이 그를 교육시킬 수 있었다.
1812년	대학 입학 자격시험에 합격. 안할트 지방의 데사우에는 대학이 없었기 때문에 2년 전에 빌헬름 폰 훔볼트에 의해 신설된 베를린대학 철학부에 등록하고, 고전문헌학, 독문학, 현대영어 전공. 얽매이기 싫어하는 성격으로 자유분방한 대학 생활을 즐겼다.
1813년	나폴레옹의 지배에 대항하여 대부분의 다른 동료들과 함께 선발대 저격병으로 프로이센 군대에 자원 입대. 베를린대학 교수들도 반나폴레옹 분위기를 조장했다. 그로스괴르센, 하이나우, 바우첸, 쿨름(보헤미아 지방) 전투에 참전했으며 이 체험은 그의 정치의식에 큰 영향을

171

끼쳤다. 1807년 데사우에 주둔지를 마련한 나폴레옹은 의기양양하게 데사우 공국의 영주인 레오폴트 프리드리히 공작에게 프로이센에 봉사하지 말고 자신의 라인동맹에 협력할 것을 강요했다. 뮐러는 전쟁을 좋아하는 편이 아니었고, 전쟁 중에도 어린 시절부터 써 온 시 쓰기 작업을 그치지 않았다.

1814년   브뤼셀 사령부에 근무. 소위로 임명되다. 브뤼셀에서 테레제라는 아가씨와 사랑에 빠지다. 11월에 브뤼셀을 떠나 데사우를 거쳐 베를린으로 돌아왔고 외국어만을 사용하던 곳에서 돌아와 학업을 재개한다.

1815년   시를 쓰는 화가 빌헬름 헨젤과 예전보다 더 진지한 우정을 맺는다. 그의 집에 자주 드나들면서 헨젤의 아름다운 여동생 루이제를 연모하게 된다. 그러나 그녀는 베를린의 목사 게오르크 헤르메스가 주도하던 새로운 경건주의적인 종교적 각성 운동에 빠져 있었고, 뮐러는 스스로 그녀에 대한 사랑을 억누른다. 뮐러는 그녀를 기독교와 독일의 순수한 성녀로 이상화하며 루이제를 가장 순수한 상태로 사랑하기로 결심한다. "오늘 아침 다시 나는 사악한 지상의 욕정과 사투를 벌여야 했다. 거기서 벗어나느라 상처를 입었다."는 일기 대목처럼 그는 죄책감 어린 성적 충동을 억제하느라 엄청난 고통에 시달린다. 조국 독일과 관련하여 순수주의적 입장을 표방한 '베를린 독일어 학회'에 가입하고 매주 이 학회의 발표회에 참석한다. 이 모임에서는 '진정한 독일적인 것'이 모든 것이었고 그는 나폴레옹에 동조한 괴테를 줏대가 없는 '카멜레온'으로 보기 시작한다. 그 밖의 사교 및 문학 모임에 열심히 참석했으며 무엇보다도 경제적인 이유 때문에 많은 문예지에 글을 싣고 출판한다.

1816년   뮐러를 비롯하여 헨젤, 프리드리히 그라프 폰 칼크로이트

등이 참여한 다섯 사람의 공동 시집 『맹약의 꽃』을
베를린의 마우러 출판사에서 출간. 여기에 실린 뮐러의
시는 1813~1815년에 쓴 것으로 애국적 열광이 담겨 있다.
신과 자유와 여성에 대한 사랑과 노래를 위해 싸웠던
다섯 명의 시인이 불타는 가슴으로 힘을 합쳤다는 내용의
서문을 뮐러가 썼으며, 가을에 한 사교 모임에서 각각
역할이 나뉜 음악극을 만들어 보자는 의견이 나온다.
『아름다운 물방앗간 아가씨』를 중심으로 귀공자, 사냥꾼,
물방앗간 젊은이가 그녀에게 구혼하다가 결국 사랑을
얻는 데 실패한 물방앗간 젊은이가 죽음으로 삶을 끝맺는
내용으로 하자는 것이었다. 뮐러는 이 작업을 몇 년 동안
계속하고 『민네장 가수들의 사화집. 첫 모음집』 출간. 이를
통해 '옛 정신'을 현재에 다시 살려 내고자 한다.

1817년　　프로이센 왕립 철학 및 과학 아카데미의 위임으로
알베르트 폰 자크 남작과 함께 그리스와 소아시아
그리고 이집트를 여행하며 고대의 비문을 둘러본다.
프리드리히 푀르스터가 묶은 사화집 『노래 여행』에 시가
실린다. 이탈리아를 여행하면서 그곳 민중의 삶을 직접
보고 민요에 대한 생각을 재정립하게 되었으며 그곳에서
궁극적으로 지적이며 민주적인, 자유주의적 시대관을
갖게 된다. 구체제로 돌아간 독일에 비해 비교적 자유롭고
구속이 없는 생활을 할 수 있는 이탈리아의 독일 예술가
촌에서 아터봄, 뤼케르트 등과 교류하면서 그곳의 자유로운
공기를 만끽한다.

1818년　　이탈리아 체류. 독일로 돌아와서는 숨막힐 듯한 독일의
분위기, 특히 인간들의 속물근성에 대해 비판을 토로한다.
아힘 폰 아르님의 권유로 크리스토퍼 말로의 비극
『파우스트 박사』를 베를린 마우러 출판사에서 번역, 출간.

1819년　　교사 생활 시작. 수업을 '자유롭게' 진행함으로써

학생들로부터 큰 호응을 얻지만 그로 인해 학교장과 마찰을 일으킨다. 라이프치히의 출판업자 프리드리히 아르놀트 브로크하우스와 공동 작업을 시작한다. 나폴레옹에 대항한 전쟁에서 승리했음에도 오스트리아의 메테르니히가 주도한 빈 회의(1815년)와 칼스바트 협약을 통해 유럽이 구체제로 돌아간 것에 대해 스웨덴의 친구 아터봄에게 쓴 편지에서 심한 실망감을 표시하며, 그 후로 그의 문학은 필연적으로 시대 비판적이고 반항적인 자유주의로 나아간다.

1820년 데사우 공국 도서관을 설립하는 일을 맡는다. 『아스카니아. 인생과 문학, 예술을 위한 잡지』를 데사우의 아커만 출판사에서 1권부터 6권까지 출간. 『로마, 로마 남자들, 로마 여자들』, 첫 단독 시집인 『떠돌이 호른 연주자의 유고에서 나온 일흔일곱 편의 시』 출간. 여기에 1816년에 시작된 「아름다운 물방앗간 아가씨」 이야기가 실리며 브뤼셀에서 겪은 슬픈 고통의 흔적이 여기에 가미된다. 계몽주의적 교육개혁에 힘쓴 유명한 할아버지와 당시 고위 관직에 있던 아버지를 둔, 데사우의 명문가 출신의 아델하이트 바제도프(1800-1883)와 약혼한 후 연작시 「겨울 나그네」의 시들을 쓰기 시작한다.

1821년 아델하이트와 결혼. 그의 대표작 중 하나라 할 수 있는 『그리스인들의 노래』 출간. 1821년에서 1827년에 걸친 그리스인들의 해방 전쟁을 지지한 이유로 '그리스인 뮐러 (Griechen-Müller)'라는 명칭으로 불린다.

1822년 독일 문학 수용사적으로 하나의 업적이 될 만한 『17세기 독일 시인 총서』가 라이프치히의 브로크하우스 출판사에서 출간되기 시작한다. 출판 가문인 브로크하우스는 잡지와 백과사전을 출간하면서 뮐러에게 자문을 구한다. 『그리스인들의 노래』 2권 출간. 딸

아우구스테 출생. 『그리스인들의 새로운 노래』 출간.

1823년   『그리스인들의 새로운 노래』 2권 출간. 슈투트가르트의
출판업자 요한 프리드리히 코타와 같이 일하기 시작한다.
「겨울 나그네」의 첫 열두 편의 시를 《우라니아》라는 잡지에
'방랑자의 노래'라는 이름으로 발표한다. 아들 프리드리히
막시밀리안 출생. 아들 막시밀리안(1823-1900)은 나중에
동양학, 비교언어학의 세계적인 권위자로 옥스퍼드대학
교수를 지냈으며, 우리에게도 널리 알려진 단편인
『독일인의 사랑』을 남겼다.

1824년   『그리스인들의 가장 새로운 노래』를 라이프치히의 포스
출판사에서 출간. 『호메로스의 예비 학교』 출간. 시인
프리드리히 고트리프 클롭슈토크 탄생 100주년을 맞아
크베들린부르크로 여행을 한다. 레오폴트 프리드리히
공작에 의해 추밀 고문관 호칭을 받다. 『떠돌이 호른
연주자의 유고에서 나온 시들』 2권을 데사우의 아커만
출판사에서 출간. 여기에 「겨울 나그네」를 싣고 '인생과
사랑의 노래'라는 부제를 붙인다.

1825년   전기 『바이런 경』 출간.

1826년   도서관 관사로 이사. 노벨레 『열세 번째 남자』 출간.

1827년   봄부터 이미 신체적으로 탈진 증세를 보인다. 『시적인 여행,
경구적인 산보』를 라이프치히의 포스 출판사에서 출간.
아내와 함께 요양차 라인 강, 바덴, 슈투트가르트 그리고
바인스베르크 등지로 여행한다. 한 유대인 여성과의 사랑을
담은 노벨레 『데보라』 출간. 9월 30일 밤 서른세 살 생일을
얼마 남겨 두지 않은 상태에서 심근경색으로 세상을
떠났으며, 많은 사람들이 그의 죽음을 안타까워했다. 아내
아델하이트에 따르면 평소보다 일찍 잠자리에 들었으며
코를 심하게 골았다고 한다. 그는 중요한 시인이었고,
다방면에 걸친 학자였으며 존경받는 문학 비평가였고,

기행문 작가였고, 소설가였고, 에세이스트였으며,
번역가였고, 자유주의로 무장한 남자였고, 그리스 독립
전쟁의 단호한 친구였고, 민족을 중시한 낭만주의자였고,
노련한 도서관 사서였으며, 능력 있는 교육자였다.
한마디로 그는 신뢰할 만한 인간이었다. 이것이 그에 대한
사후의 평가이다.

돌아갈 곳 없는 방랑

김재혁

하인리히 하이네(1797-1856)는 1826년 6월 빌헬름 뮐러에게 보낸 편지에서 그의 시를 다음과 같이 평가한다.

> 당신의 민요에서 내가 바라던 순수한 음향과 진정한
> 소박성을 발견했습니다. 당신의 민요는 그지없이 순수하고
> 맑습니다. 당신의 시는 그 자체가 모두 민요입니다. 내가
> 괴테와 당신 말고는 그 어느 민요 시인도 좋아하지
> 않는다고 말씀드리지 않을 수 없군요.

그는 뮐러를 진정한 독일적 시인으로 높이 평가했다. 뮐러는 곧고 진실한 성품의 소유자로 알려져 있다. 게다가 시적인 재능까지 타고났기 때문에 많은 사람들이 그와 사귀고 대화를 나누고 싶어 했으며, 당대 많은 문학가와 시인들로부터 칭송과 사랑을 받았다. 그러나 당시의 이런 평가에도 불구하고 만약 독일 가곡을 정상에 올려놓은 슈베르트가 없었다면 빌헬름 뮐러의 시는 오늘날 어떤 운명을 겪었을까? 오스카 와일드의 『살로메』도 이와 같은 경우이다. 두 경우 다 원래의 문학작품을 음악이 압도한 경우라고 할 것이다.

그러나 여기서 우리는 무조건 이 견해에 따를 수는 없다. 슈베르트가 한 친구를 찾아갔다가 친구는 집에 없고 그의 책상에 놓여 있는 뮐러의 시집을 무심코 읽고, 너무 좋아서 그 시집을 주인의 허락도 없이 집으로 들고 와 그중 몇 편을 곧장 노래로 작곡했다는 일화는 너무나 유명하다. 그렇다면 작곡가

슈베르트에게 그토록 감흥을 줄 만큼 그 무언가가 뮐러의 시 속에 내재해 있었다고 생각하지 않을 수 없다. 게다가 시인 빌헬름 뮐러는 자신의 시가 노래로 작곡되었으면 좋겠다는 소망을 일찍부터 피력한 바 있다. 막 스물한 살이 된 패기만만한 시인 뮐러는 어느 날의 일기에서 이렇게 고백한다.

> 나는 악기를 연주할 줄도 노래를 부를 줄도 모른다. 그러나 내가 시를 짓는다면, 그것은 노래를 부르는 것이면서 연주를 하는 것이다. 멜로디를 내 힘으로 붙일 수 있으면 나의 민요풍 시들이 지금보다 훨씬 더 멋질 것이다. 그러나 확신컨대, 나의 시어에서 음률을 찾아 그것을 내게 되돌려 줄, 나와 비슷한 영혼을 가진 사람이 분명히 있을 것이다.

그와 비슷한 영혼을 가진 사람이 바로 프란츠 슈베르트였던 것이다.

그렇다면 뮐러의 시에서 슈베르트를 자극한 요소는 무엇인가. 뮐러의 시 작품을 연가곡 형태로 두 편이나 작곡한 슈베르트의 혼을 흔든 것은 뮐러의 시가 갖고 있는 민중적인 소박함, 즉 꾸미지 않은 단순함과 감정에 찬 음향의 그림이었다. 그리고 항상 불행하고 고통스런 삶을 살고 있던 슈베르트에게 「아름다운 물방앗간 아가씨」와 「겨울 나그네」 연작시 곳곳에 스며 있는 체념과 허무주의의 인생관이 큰 감명을 주었을 것이다. 1827년 10월에 슈베르트가 「겨울 나그네」를 작곡하여 친구들에게 들려주었을 때 모두들 그 안에 스며 있는 생의 부정 때문에 적지 않게 놀랐다고 한다. 실제로 '인생과 사랑의 노래'라는 부제가 붙은 「겨울 나그네」에 실린 스물네 편의 시는 시적 화자인 겨울 나그네가 사랑에 버림받고 추운 겨울의 벌판 속을 정처 없이 방랑하는 가운데 육체적으로 서서히 죽어 가는 과정을 그리고 있기 때문이다.

　물론 뮐러의 시에서 다른 낭만주의자들, 이를테면 아이헨도르프나 브렌타노 그리고 뫼리케의 평범한 경향이 나타나지 않는 것은 아니다. 졸졸대는 시냇물이나 샘물, 바람에 살랑대는 나뭇가지 등은 낭만주의 시문학에서 주로 사용된 토포스 같은 것들이다. 그러나 뮐러의 미학적 이상은 '자연어'를 예술을 통해서 '정화, 순화'시키는 민요이다. 이 민요는 폭넓은 대중을 배양소 겸 공명권으로 전제한다. 그렇기 때문에 그는 시적인 '시의(時宜)적절성'과 삶의 직접성을 변호하는 가운데 낡아 빠진 모범의 모방을 거부한다. 따라서 뮐러 시의 중심점은 그의 시와 글의 다양성에도 불구하고 늘 '민중'으로 귀착된다. 그는 민중을 새로 시작된 위기 상황을 풀어 나갈 수 있는 잠재적인 힘으로 파악한다. 그가 중요시한 문학적 장르가 민요인 것도 그 까닭이다. 그는 민요를 이렇게 정의한다.

　　　　형식의 단순 소박성과 노래로 부를 수 있는 운율,
　　　언어와 표현의 자연스런 솔직함, 의식적이지 않은 진지성
　　　(……) 그리고 지고한 내용을 소박하게 표현하는 것.

　노래로 부를 수 있는 민요적 특성을 강조하기 위하여 뮐러는 각 시행의 음절 수를 철저하게 지키고 있다. 그렇다고 이것이 후기 낭만주의의 졸졸대는 시냇물이나 살랑거리는 숲의 분위기, 다시 말해 시대와 현실에 대해 아무런 이의도 제기하지 않는 서정시의 무해한 태도로 되돌아감을 의미하는 것은 아니다. 「아름다운 물방앗간 아가씨」에서 시냇물이 단순히 낭만주의적 배경으로만 사용되지 않고 시적 화자와 대화를 나누고 또 삶에 지친 주인공을 받아 주는 역할을 담당한다는 것 역시 일반적인 낭만주의와 구별되는 점이다. 뮐러는 입에서 입으로 구전될 수 있는 특성을 지닌 시적 장르가 다른 어느 장르보다 더 민중

속으로 파고들 수 있다는 견해를 피력한다. 따라서 그의 문학을 대중적 낭만주의(Popularromantik)라 부르기도 한다. 낭만주의의 민요 창작 물결은 아힘 폰 아르님과 클레멘스 브렌타노에 의해 수집된 독일 민요집 『소년의 마술 피리』에 의해 촉발되었다. 민요 창작은 민중이 이해할 수 있는 소박한 민요를 짓자는 기치 아래 이제 막 생성 중에 있던 독일 민족국가에 하나의 정신적 중심점을 부여했다. 또한 상부의 지식층과 하층민 사이에 깊게 드리운 골을 극복하여 당시 발전 중에 있던 시민층의 부정적인 모습에 거울을 보여 준다는 목표를 갖고 있었다. 사회적인 관점을 지닌 낭만주의와 비교한다면, 뮐러의 민요 역시 이런 관점을 제시한다.

1816년부터 쓰기 시작하여 1820년에 완성된 총 스물다섯 편의 시로 이루어진 연작시 「아름다운 물방앗간 아가씨」는 여류 시인 루이제 헨젤에 대한 흠모의 정에서 쓰인 작품으로 젊은이의 방랑의 노래로 시작된다. 젊은 주인공은 물방앗간 견습공 수업을 마친 뒤 일자리를 구하기 위해 이곳저곳 방랑한다. 그는 시냇물을 따라 걷다가 숲속에서 반짝이는 한 물방앗간을 발견한다. 그곳에 일자리를 얻은 젊은이는 그 집 주인의 아름다운 딸과 사랑을 나누는 사이가 된다. 그러나 그들의 행복은 오래가지 못한다. 어느 날 갑자기 평화로운 물방앗간에 멋쟁이 사냥꾼이 나타났기 때문이다. 아가씨는 사냥꾼에게 마음을 빼앗겨 이제는 그를 거들떠보지도 않는다. 젊은이는 실연의 아픔을 안고 그곳을 떠난다. 자기를 품속으로 다정하게 맞아 주는 것은 졸졸 흐르는 시냇물뿐이다.

대체로 역할시(Rollengedicht) 형식을 띠고 있는 뮐러의 시의 주인공은 중류 이하 계층 출신의 젊은이이다. 그리고 이들 계층의 삶의 양식은 자연과 결합하여 소박하다. 따라서 그들의 생활 감정의 표현이 주된 시적 내용이 된다. 사랑과 이별과 관련된 것으로, 그중에서도 뮐러는 특히 이별에 더 중요성을 부여한다.

이별은 주인공을 방랑의 길로 이끈다. '방랑'은 시민사회의 정체성(停滯性)을 고발하는 특성을 지닌, 뮐러의 문학에서 가장 중요한 모티프이다. 이때 자연이 중요한 역할을 하는데, 자연은 이별의 아픔에 고통받는 나그네를 받아 주는 어머니 같은 존재로 등장한다. 「아름다운 물방앗간 아가씨」에서 시냇물이 바로 그와 같은 존재이다. 우리는 이 연작시에서 신비주의적이고 범(汎)에로틱한 분위기를 느낄 수 있다. 여기서 「아름다운 물방앗간 아가씨」의 전제는 사랑의 실패이고, 「겨울 나그네」의 전제는 현실과 환상 사이에서 갈피를 잡지 못하는 정신적 혼란이다.

이렇게 본다면, 「아름다운 물방앗간 아가씨」에서 시냇물의 졸졸대는 외침이나, 「겨울 나그네」에서 보리수의 애절한 손짓은 죽음의 유혹이라고 하지 않을 수 없다. 그의 방랑은 그의 마음을 묶어 두는 어떤 자석 같은 것을 중심으로 도는 끊임없는 순환이다. 이 자석 같은 것이 그에게는 하나의 유토피아로 등장한다. 그 유토피아 왕국의 여왕은 물방앗간의 아름다운 아가씨이다. 그러나 그는 그녀와의 사랑을 이룰 수 없다. 그렇기에 그의 사랑은 죽음의 정원으로 이어지는 것이다.

그렇다면 왜 뮐러는 그의 시에서 주인공으로 하여금 죽음을 열망하게 하는가? 현실 도피인가? 그것은 뮐러의 문학이 갖는 또 다른 측면과 직접적으로 연결된다. 현실에 대한 직시라는 측면에서 그것은 탈환상, 각성을 의미한다. 물방앗간 젊은이의 꿈은 이루어질 수 없다. 그가 느끼는 황량함, 고통, 삶의 권태, 전망 없음, 불행은 사회적 요소와 관련이 있다. 사랑의 실패를 가져온 것은 무엇보다도 경제적인 것이다. 누가 가난한 물방앗간 직공과 결혼하겠는가? 경제적인 어려움이 궁극적으로는 실존적인 심층의 차원에까지 도달한다. 「겨울 나그네」 시편 가운데 하나인 「잘 자요」의 "그 아가씨는 사랑을 속삭였고/ 그 어머니는 결혼까지 말했지만"과 시 「풍향계」의 "그들이 무엇 때문에 내 고통을 물을 텐가?/ 그들의 딸은 이제 부잣집 약혼녀인걸"이라는 대목이 돈이 모든 것을 결정짓는 물질 만능주의적 현실을 말해 준다. 한편 「시인의 머리말」 같은 시를 통해 겉으로는 유희적인 성격을 시에 부여하면서도 시인은 시편 전반에 사랑의 슬픔과 실존적 고독을 내용으로 깔고 있다.

「아름다운 물방앗간 아가씨」보다 시인의 더 많은 개인적 체험이 반영된 「겨울 나그네」에서는 나그네의 실존적 몰락과 자아 상실의 과정이 잘 나타난다. 뮐러가 1821년에 집필을 시작하여 1824년에 완성한 「겨울 나그네」는 사랑을 잃은 젊은이가 실의와 굴욕과 슬픔에 빠진 나머지 겨울 벌판을 정처 없이 헤매는 것으로 이야기가 시작된다. 그는 방랑자 신세로 잠시 머물렀던 마을을 떠난다. 살을 에는 듯한 찬바람을 맞으면서 눈과 얼음의 얼어붙은 세계 속을 오직 사랑했던 사람을 잊기 위해 걸어간다. 그는 절망에서 어느덧 광기의 징조까지 보인다. 죽음을 원했지만 거부당하고, 마지막에 그는 길바닥에서 걸식하는 늙은 악사와 손을 맞잡고 눈이 펑펑 쏟아지는 풍경 속을 비틀거리면서 사라진다.

이 과정을 세 단계로 분석해 보면 다음과 같다. 첫 번째는 잃어버린 행복의 장소로부터의 작별이고, 그다음 단계는 외적, 내적으로 황량한 고독의 벌판으로 발을 옮기는 것이다. 마지막으로 나그네는 젊은 시절 자의식 강했던 모습으로부터 죽음을 열망하는 몰락한 젊은이의 모습으로 변해 가면서 끝에 가서는 자신을 거리의 악사 같은 걸인과 동일시한다. 그 과정에서 젊은이는 자신이 갖지 못했던 것을 환상 속에서 그리워한다. 그러나 연작시의 마지막에 등장하는 그리움은 과거에 대한 아름다운 회상이 아니라 광기에 가까운 것이다. 그의 발걸음은 점점 죽음 쪽으로 다가간다.

죽음에 대한 동경은 「아름다운 물방앗간 아가씨」에서는 어머니의 품속 같은 포근함을 내포한다. 그러나 「겨울 나그네」의 주인공은 죽는 것으로 나타나지 않는다. 그는 자신의 방랑의 지팡이 대신 걸인의 지팡이를 손에 들고 계속 방랑해야 한다. 어쩌면 뮐러는 굶주림 속의 끝없는 방랑을 그 시대 인간의 운명이라고 본 것 같다. 가난이야말로 그 시절 박탈당한 사람들의 유일한 길동무였다. 그의 방랑은 다시 집으로 돌아갈 수 있는 성격의 것이 아니다. 즉 과거도 목표도 없는 방랑이다. 여기에는 바이런 문학에서 보이는 일종의 영웅적 허무주의가 자리 잡고 있다.

구원받지 못하는 나그네의 모습은 예수의 수난을 연상시킨다. 괴테의 『젊은 베르테르의 슬픔』에서처럼 죽음으로 도피할 수도 없기 때문이다. 실제로 괴테는 뮐러의 문학을 '야전병원의 시'라고 불렀다. 조화와 균형을 추구하는 괴테의 입장에서 보았을 때 뮐러의 문학은 '영원한 유대인, 아하스버'가 겪는 전망 없는 시련의 문학으로 비쳤을 것이다. 사실 우리는 「겨울 나그네」의 주인공이 처한 상황에서 당시의 시대적 분위기를 읽을 수 있다. 어떻게 보면 뮐러의 작품에서 당대성은 직접적으로 표출되고 있다고 볼 수 있다. 1820년대 당시 대부분의 낭만주의자들이 시대와 결별한 반면, 뮐러는 지속적으로 그 시대의 사회적, 정치적 현상에 관심을 갖고 민중의 정신이 자유롭게 숨 쉴 수 있는 진정한 자유를 갈망했다. 그러나 나폴레옹에 대항한 해방전쟁에서 승리한 이후 오스트리아의 정치가 메테르니히의 복고 정치로 인해 유럽에서 자유의 환상은 깨져 버렸다. 마지막 장면에 등장하는 거지 악사는 그러한 잃어버린 환상을 상징한다. 그러기 때문에 뮐러는 현실에서 벗어나 방랑하는 아웃사이더로서 나그네의 모습을 그리는 가운데 그 시대 인간들의 실존적 현실을 가림 없이 보여 주는 것이다.

도금을 입힌 시대의 진실을 벗겨 내어 특권층의 횡포를 알리고 귀족의 시녀로 전락한 종교의 실상을 고발하는 것이 뮐러의 경구시들의 큰 역할 중 하나이다. 뮐러의 생각에 따르면 예술이

갖는 역할 중 하나는 대중에게 많은 호소력을 지님으로써 그들의
생각을 바꾸는 데 있다. 뮐러는 민중의 실상을 있는 그대로 보여
주고 그릇된 환상을 깨뜨려 민중의 의식을 일깨우려 했다. 권력을
정당화하려는 곳에서 그 가면을 이데올로기적으로 벗겨 버리는
의도에서 그의 시는 엄격하게 현대 정치시의 선구라 할 것이다.
뮐러는 또한 언어 비판적인 측면도 구사한다. 낭만주의에서
사용하는 미사여구가 과연 진정한 삶과 무슨 상관이 있느냐는
것이다. 특히 틀에 박힌 표현은 시적 화자의 마음을 잘 드러내
보이지 못한다고 비판한다.

성악가들은 슈베르트가 지은 두 편의 연가곡 「아름다운
물방앗간 아가씨」와 「겨울 나그네」를 평생에 걸쳐 자신의
목소리로 멋지게 해석해 내는 것을 자신이 풀어야 할 과제요
성취로 생각한다. 지금까지 율리우스 파차크, 한스 호터, 페터
안더스, 프리츠 분덜리히, 페터 슈라이어 그리고 디트리히
피셔디스카우 등이 이 연가곡을 모범적으로 해석해 냈다.
성악가들의 이런 의욕으로 인해 우리는 뮐러의 연작시 「아름다운
물방앗간 아가씨」와 「겨울 나그네」를 노래로 숱하게 들어
왔으면서도 정작 시인 빌헬름 뮐러에 대해서는 아는 것이 거의
전무하다시피 한 상태라 해도 과언이 아니다.
다행히 최근 들어 독일에서는 뮐러의 위상을 재정립하려는
움직임이 일고 있다. 1994년 뮐러의 고향인 독일 작센안할트
주의 데사우에서 있었던, 뮐러 탄생 200주년을 즈음한 전시회는
뮐러 문학에 대한 진정한 평가를 내리게 하는 큰 계기가 되었다.
그 결과 뮐러는 낭만주의자 루트비히 티크의 후계자요, 정치
시인으로서의 하인리히 하이네의 선구자로 자리매김되었다.
또한 무게 있는 시와 산문 사화집(詞華集)『재발견』을 엮은
베르너 크라프트는 그 책에 「겨울 나그네」에 들어 있는 뮐러의
「회상」과 함께 몇 편의 시를 실음으로써 슈베르트의 음악만이

중요하고 뮐러의 텍스트는 음악을 위한 들러리의 역할을 했을 뿐이라는 항간의 견해를 불식시키고 뮐러의 시가 지닌 독자적인 의미를 부각시켰다. 실제로 뮐러는 시인이자 소설가로서, 문학 비평가로서 그리고 영국 문학의 소개자로서 — 그는 무엇보다 바이런에 대한 방대한 전기를 쓴 바 있다. — 변화된 사회적 상황 속에서 낭만주의의 끝자락에 서서 독일 낭만주의가 계속적으로 발전하는 데 커다란 공헌을 했다.

결론적으로 말해 보자. 빌헬름 뮐러의 시가 없었다면 슈베르트가 오늘날 그의 유명한 연가곡집으로 예술가곡의 거장이라는 지위에 오를 수 있었을까? 이제는 빌헬름 뮐러의 시가 — 「아름다운 물방앗간 아가씨」에서는 「시인의 머리말」, 「물방앗간 젊은이의 삶」, 「처음엔 고통, 나중엔 농담」, 「'나를 잊어 주세요' 꽃」, 「시인의 맺음말」 등을 제외하고, 「겨울 나그네」에서는 시 작품의 배열에서 약간의 변형까지 꾀한 — 슈베르트의 음악 없이도 그 자체로서 독자들에게 가까이 다가갈 수 있기를 바란다.

이 책은 단편적으로만 우리나라에 소개되었을 뿐, 그 전모와 배경이 거의 베일에 가려 있었던 뮐러의 연작시 「아름다운 물방앗간 아가씨」와 「겨울 나그네」를 완역한 것이다. 그의 삶과 작품이 우리 독자들에게 제대로 잘 알려져 있지 않기 때문에 비교적 긴 해설과 상세한 연보를 붙였다. 우리말로 옮기는 데 사용한 텍스트는 독일의 인젤 출판사에서 펴낸 *Wilhelm Müller, Die Winterreise und andere Gedichte.* (Hrsg. von Hans Rüdiger Schwab. Frankfurt a. M. und Leipzig, 1994)이다. 해설과 연보를 작성하는 데는 빌헬름 뮐러 탄생 200주년을 기념하여 출간된 자료집 *Wilhelm Müller, Eine Lebensreise. Zum 200. Geburtstag des Dichters.* (Hrsg. von Norbert Michels. Weimar, 1994)가 많은 도움이 되었다.

세계시인선 22　　겨울 나그네

1판 1쇄 펴냄　2001년 1월 15일
1판 9쇄 펴냄　2014년 6월 2일
2판 1쇄 펴냄　2017년 6월 30일
2판 2쇄 펴냄　2021년 12월 27일

지은이　　빌헬름 뮐러
옮긴이　　김재혁
발행인　　박근섭, 박상준
펴낸곳　　㈜민음사

출판등록　1966. 5. 19. (제16-490호)
주소　　　서울시 강남구 도산대로1길 62
　　　　　강남출판문화센터 5층 (06027)
대표전화　02-515-2000　팩시밀리 02-515-2007

www.minumsa.com

ⓒ 김재혁, 2017. Printed in Seoul, Korea

ISBN　978-89-374-7522-1 (04800)
　　　　978-89-374-7500-9 (세트)